二十才　僕は五月に誕生した
僕は木の葉を踏み若い樹木たちをよんでみる
いまこそ時　僕は季節の入り口で
はにかみながら鳥たちへ
手をあげてみる
二十才　僕は五月に誕生した

「五月の詩」

ときには母のない子のように
だまって海を
見つめていたい
ときには母のない子のように
ひとりで旅に
でてみたい
「故郷の母のことを思い出したら」

寺山修司詩集

ハルキ文庫

角川春樹事務所

寺山修司詩集

目次

俳句集

少女詩集

マザーグース抄

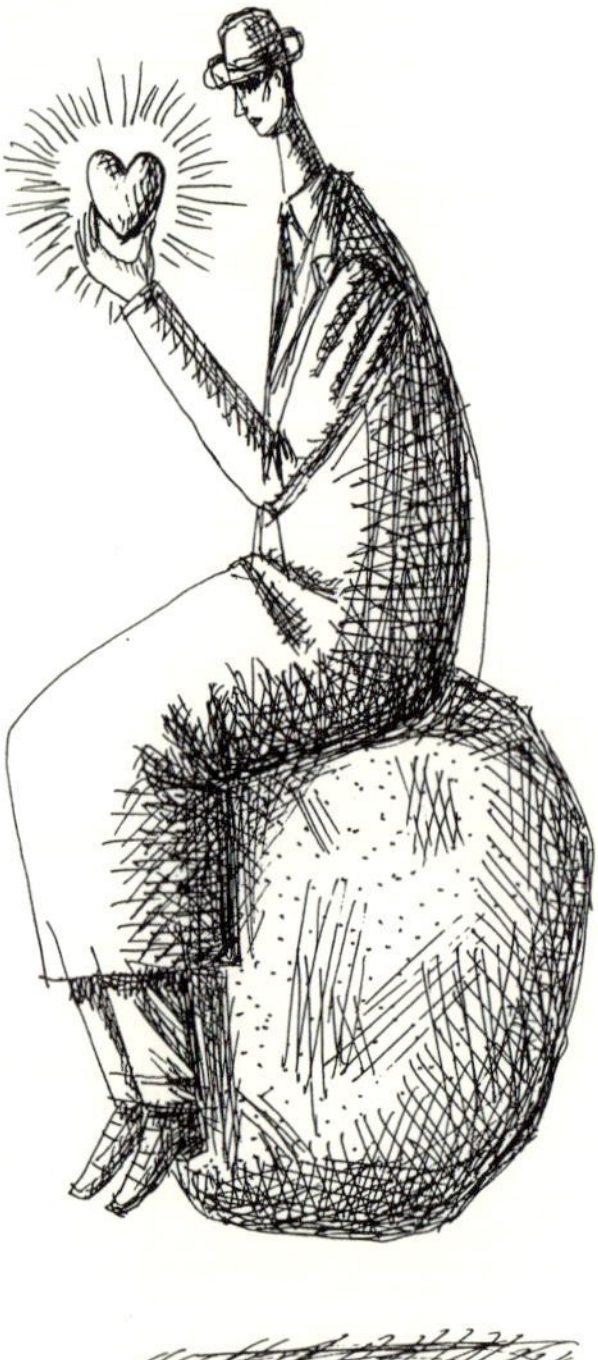

朝つゆで口をそそぎ
朝つゆで顔をあらう

かわいいポリーのすぐうしろ
木かげにかくれた人がいる

その名はだれでしょ？
どなたでしょ？

（こたえは——春です
五月です）

＊

かわいいボー・ピープの羊がにげた
とほうにくれた　日もくれた
ほうっておけば　かえってくるさ

だいじなしっぽを　なくさずに

かわいいボー・ピープは一人でねむる
ゆめのなかでは　羊がないた
だけど目ざめりゃ　だあれもいない
ひとりぼっちの　朝だった

まほうの杖《つえ》をかりてきて
三度ふったら　かえってきたよ
かわいい羊がかえってきたよ
「だけどかなしいことには
どこかにしっぽを忘れてきたのです」

かわいいボー・ピープはさがしにいった
羊のしっぽを　さがしにいった
すると見知らぬ　まきばのえだに
ずらりとしっぽが　ほしてある

かわいいボー・ピープはなみだをふいて
ずらりならんだ　しっぽをとった
いちいち羊に　くっつけて
ぴったりあうまで　何日かかる？

＊

メリーさんの　羊は　雪より白い
メリーさんの　羊は　どこでもついてく

メリーさんの　羊は　学校へついてく
先生たちは　大さわぎ
規則違反だ　追いかえせ！

メリーさんの　羊は　学校の門で
メリーさんくるのを　待っている

「なぞなぞ　なあに？
なぞなぞ　なあに？」

羊はどうして　メリーさんを好きなの？
羊はどうして　メリーさんを好きなの？

「こたえは　かんたん」

メリーさんが　羊を好きだから！

＊

ポケットにライ麦いれて
知らんふりして
六ペンスの唄《うた》をうたえば
二十四羽のくろつぐみが

パイにやかれる

パイをあけたら
まっくろこげのくろつぐみが
声をそろえてうたいだす
王さま！
ごちそういかが？

王さまはおくらのなかで
一日いっぱい　お金かぞえる
おきさきはベッドで
はちみつパンを　もぐもぐたべてる

女中は庭で
洗濯物ほしてる
そこへつぐみがとんできて
パチン！　と

鼻をついばんだ

＊

ジャック・スプラット
あぶらがきらい
彼の奥さん　赤味がきらい
二人なかよく　お皿をなめる
だからきれいな　お月さま！

＊

ソロモン・グランディ
月曜日に誕生
火曜日に命名

水曜日に恋愛
木曜日に発病
金曜日に悪化
土曜日に死亡

ソロモン・グランディ
これでおしまい

＊

だれが
子猫を井戸に投げこんだ?
トミー・グリーンがやったのさ

だれが
それを拾いあげた?
ジョニー・スタウトがやったのさ

いったい
子猫は何したの？

だいじなだいじな父さんの
納屋《なや》でねずみを
捕ったのさ

＊

かわいいマフェット
地べたにすわり
おやつを食べてた
ズィードル　ビー

そこへ出てきた
みにくいくもが

おやつをおくれよ
ズィードル　ビー

それから　どうした　どうなった？
だれも知らない
ズィードル　ビー

＊

どうしよう
どうしよう　と
男の子が言った
女の子に言った

わからない
わからない　と
女の子が言った

男の子に言った
ふたりはキスをしたいのに
ふたりはキスをしたいのに

*

猫がバイオリンを弾くと
牝牛《めうし》が月を跳びこえる
子犬がそれを見て笑いだす
駈《か》けおちだ
駈けおちだ
お皿とスプーンの駈けおちだ

*

てんと虫
てんと虫
すぐとんでかえれ
おまえの家が火事だ
子供がみんな焼け死んだ

あとにのこった
かわいいアン
お鍋の下に
かくれてる

＊

六ペンスは　すてきだよ
六ペンスは　おれのものだ
六ペンスは　なんてきれいなんだ
一ペンス使って

一ペンス貸して
四ペンスを　かみさんにもって帰ろう

四ペンスは　すてきだよ
四ペンスは　おれのものだ
四ペンスは　なんてきれいなんだ
一ペンス使って
一ペンス貸して
二ペンスを　かみさんにもって帰ろう

二ペンスは　すてきだよ
二ペンスは　おれのものだ
二ペンスは　なんてきれいなんだ
一ペンス使って
一ペンス貸して
すっからかんを　かみさんにもって帰ろう

すっからかんは　すてきだよ
すっからかんは　おれのものだ
すっからかんは　なんてきれいなんだ
なにも使わず
だれにも貸さない
かみさんがいるだけで
あとはなんにもいらないさ

かみさんは　すてきだよ
かみさんは　おれのものだ
かみさんは　なんてきれいなんだ

*

まき毛の
まき毛の
マリーちゃん

ぼくのお嫁にきておくれ

お皿洗いはさせないし
豚のせんたくさせないよ
あかい苺《いちご》におさとうと
ミルクをたっぷりかけて食べ
あさから晩まで　ぶーら　ぶら
あさから晩まで　ぶーら　ぶら

*

ロンドン橋が　落っこちた
さあどうしよう　どうしよう
ロンドン橋が　落っこちた
　美しいお嬢さん！
粘土《ねんど》と木とを　かきあつめ

ロンドン橋を　つくろうよ
おんなじ橋を　つくろうよ
　美しいお嬢さん！

粘土《ねんど》と木では　流される
ロンドン橋が　流される
それではそれでは　どうしよう
　美しいお嬢さん！

煉瓦《れんが》と石とを　つみあげて
ロンドン橋を　つくろうよ
おんなじ橋を　つくろうよ
　美しいお嬢さん！

煉瓦と石では　くずれます
ロンドン橋が　くずれます
それではそれでは　どうしよう

美しいお嬢さん！

金と銀とを　くみたてて
ロンドン橋を　つくろうよ
おんなじ橋を　つくろうよ
美しいお嬢さん！

＊

みんな
あつまれ
お月さまでたぞ

ばんごはんなど　あとまわし
ねむっていたら　ばかになる
そっと
出てこい

いいことしよう
いやいやくる子はおことわり

お月さままで
はしごをかけて
へいのりこえて　しのびあし
パンは半片
ミルクをさがせ
粉はあるから
心配するな
プディングならば
三十分でできあがる

それでも
まだまだ
月夜はながい
みんなで何をしようかな？

＊

ウェールズ生まれの泥棒タッフィ
おいらの家へやってきて
肉を一片盗ってった

おいらはタッフィの家へゆき
タッフィの留守を見はからい
よそゆき帽子を踏んづけた

ウェールズ生まれのいんちきタッフィ
おいらの家へやってきて
羊の足を盗ってった

おいらはタッフィの家へゆき
靴下にオガ屑《くず》をつめこんで

靴を粘土でぬりこめた

ウェールズ生まれのでたらめタッフィ
おいらの家へやってきて
肉の塊《かたま》り盗ってった

おいらはタッフィの家へゆき
タッフィの留守を見はからい
上衣《うわぎ》とズボンを火にかけて
こんがり焼いて逃げてきた

*

トウィードル・ダムと
トウィードル・デイ
何が何でも決闘するぞ

トウィードル・ダムの言い分は
買ったばかりのガラガラを
トウィードル・デイにこわされた

そこへカラスがとんできて
「決闘見にきた　はやくやれ！」
ごらん　お化けの大ガラス
タールの樽よりでかいやつ

トウィードル・ダムと
トウィードル・デイ
びっくり仰天《ぎょうてん》逃げだした
決闘なんか　しちゃおれん！

＊

ハンプティ・ダンプティ　塀《へい》にすわって

ハンプティ・ダンプティ　転がりおちた
王様の馬と王様の家来
ぜんぶ足し算してみても
ハンプティ・ダンプティは
もとにはもどらぬ！

＊

ハバードおばさん
戸だなをさがす
きのうの骨はどこかしら？
　だけど戸だなは空っぽだ
　犬はなんにも　もらえない
ハバードおばさん

パン屋へはしる
あったかいパンを買うために
だけど帰ってきたときにゃ
あわれな犬は　死んでいた

ハバードおばさん
葬儀屋にいった
犬の棺桶《かんおけ》くださいな
背中にしょって帰ったら
犬はゲラゲラ　笑ってた

ハバードおばさん
お皿を洗い
おいしいミルクをもってくる
だけども犬は首ふって
だまってパイプを　ふかしてた

ハバードおばさん
酒場へ行った
犬のビールを買うために
　だけど戻ってきてみたら
　犬は書斎に　すわってた

ハバードおばさん
酒屋へ行った
高級ワインを買うために
　だけど戻ってきてみたら
　犬はさか立ち　しておった

*

ひとりものの婆さん
市場に卵を売りにいき
いつのまにやら

いねむりこっくり

そこへ商人がやってきて
婆さんのスカートを
ハサミでジョキジョキ
おまけにペティコートまで

ハサミでジョキジョキ
冷え症の婆さん
歯をカチカチならして
目をさました

ガタガタふるえて
見まわして
「おお　どうしたことか
こりゃあたしじゃない！」

「もしも　あたしなら
うちの仔犬がしっぽをふるし
ちがっていたら
ワン　ワン吠《ほ》える」

そこで婆さん
帰ってくると
まっくらやみから出てきた仔犬
婆さん見つけて
ワン　ワン吠えた

ひとりものの婆さん
はだかで泣いた
「やっぱりあたしは
あたしじゃない
それじゃあたしは
だれだろう？」

＊

だれが殺した　駒鳥《こまどり》を
わたしがやったと
雀が言った
わたしが弓矢で　殺したの

だれが見ていた　駒鳥を
わたしが見てたと
ハエが言った
わたしが死ぬのを　見とどけた

だれがその血を　受けたのか
わたしが受けたと
魚が言った
小さなお皿で　受けとめた

だれが作るの　死衣裳《しにいしょう》
わたしが作ると
甲虫《かぶとむし》が言った
針と糸とで　わたしが作る

だれが掘るのさ　墓穴を
わたしが掘ると
梟《ふくろう》が言った
鋤《すき》とシャベルで　わたしが掘ろう

だれがなるのさ　牧師には
わたしがなると
カラスが言った
聖書をもってる　わたしがなろう

だれが並ぶの　行列に

わたしが並ぶと
ヒバリが言った
まっくらやみで　なかったら

だれが持つのさ　松明《たいまつ》を
わたしが持つと
雀が言った
お安い御用だ　わたしが持とう

だれが運ぶの　棺桶《かんおけ》を
わたしが運ぶと
トンビが言った
もしも月夜で　あったなら

だれが唄うの　讃美歌を
わたしが唄うと
ツグミが言った

のどが自慢の　わたしが唄う

だれがつくのか　大鐘は
わたしがつくと
牡牛《おうし》が言った
力自慢の　わたしがつこう

あわれなあわれな
駒鳥のため
鐘がなります　鐘がなる
空の小鳥は　ためいきついて
一羽のこらず
すすり鳴く

＊

ゴッタムの三人の話好き
お鍋のふねで　海へ出た
もしもお鍋がもっと丈夫だったら
三人の話ももっと長かったのに

人生処方詩集抄

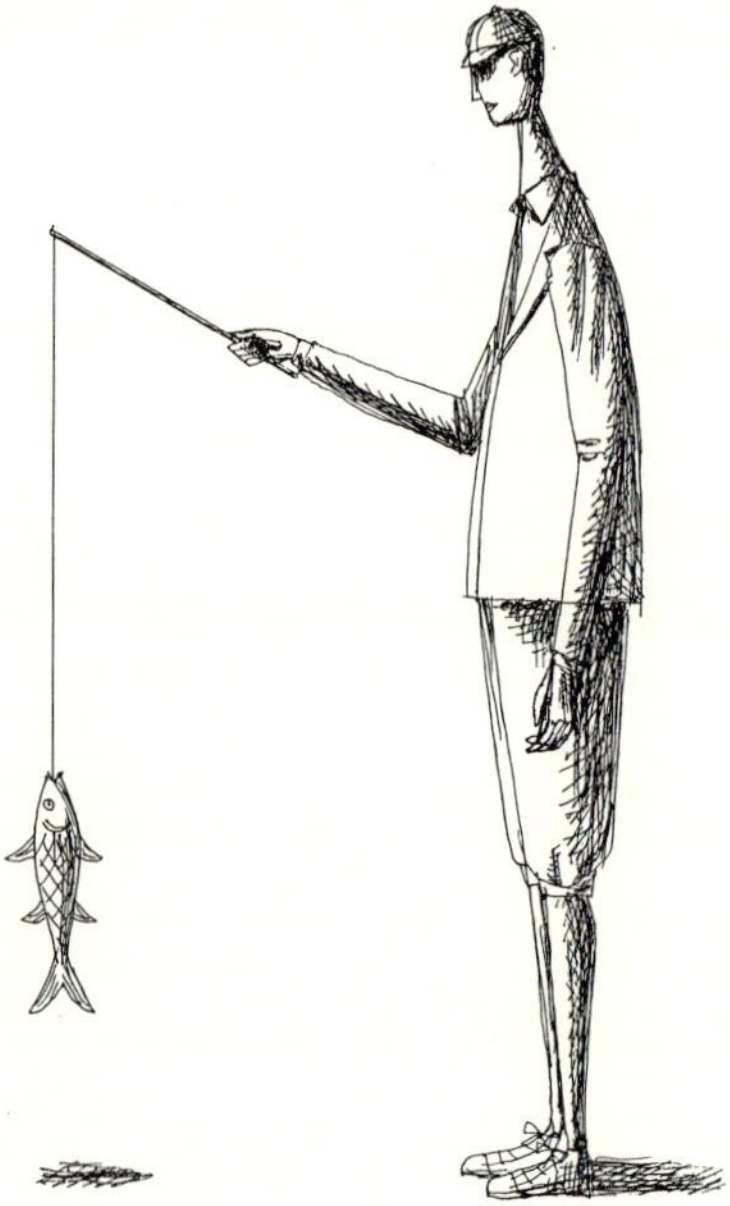

故郷の母のことを思い出したら

時には母のない子のように
だまって海を
見つめていたい
時には母のない子のように
ひとりで旅に
出てみたい
時には母のない子のように
長い手紙を
書いてみたい
時には母のない子のように
大きな声で

叫んでみたい

だけど心はすぐかわる
母のない子になったなら
どこにも帰る家がない

海が好きだったら

水になにを書きのこすことが
できるだろうか
たぶんなにを書いても
すぐ消えてしまうことだろう

だが
私は水に書く詩人である
私は水に愛を書く

たとえ
水に書いた詩が消えてしまっても
海に来るたびに
愛を思い出せるように

ひとりぼっちがたまらなかったら

私が忘れた歌を
誰かが思い出して歌うだろう
私が捨てた言葉は
きっと誰かが生かして使うのだ

だから私は
いつまでも一人ではない
そう言いきかせながら
一日じゅう　沖のかもめを見ていた日もあった

初恋の人が忘れられなかったら

かくれんぼは
悲しいあそびです

少年の日に
暗い納屋《なや》の藁束《わらたば》の上で
わたしの愛からかくれていった
ひとりの少女を
見出せないままで
一年たちました
二年たちました
三年たちました
四年たちました
五年たちました
六年たちました

七年たちました
八年たちました
九年たちました

わたしは一生かかって
かくれんぼの鬼です
お嫁ももらいません
手鏡にうつる遠い日の
夕焼空に向かって
もういいかい？
と呼びかけながら
しずかに老《お》いてゆくでしょう

星を数え飽きたら

ひとを一人
だますたびに
空に星が
ひとつずつ増《ふ》えると
女に
教えた男は
船出して行って
そのまま
帰って来なかった

女は
窓辺で星の数を数えながら
男を待って
一人さみしく

年老《お》いていった

女は
私の母
男は
私の父
私の心は
天文学でした

さすらいの途上だったら

荒磯《あらいそ》暗《くら》く啼《な》くかもめ
われは天涯《てんがい》　家なき子
ひとり旅ゆゑ口ずさむ
兄のおしへてくれし歌
さよならだけが人生だ

流るる雲を尋《と》めゆかば
たどりつかむか　冥界《めいかい》に
ひとを愛するさびしさは
ただ一茎《いっけい》のひなげしや
さよならだけが人生だ

つばくらからす　鵙《もず》つぐみ
鳥も天涯　家なき子

草むら遠く燈《ひ》をともす
ひとのしあわせ過ぎゆきて
さよならだけが人生だ

愛国心がないことを悩んでいたら

くろかみ梳《す》けばやはらかき
夕べの磯《いそ》の月見草

うつむきながら少年の
ことのは受けし乙女《おとめ》ごや

たはむれならず頰そめて
はじめてひとを恋ひそめき

あはれ明治の母の恋
火とこそ燃えて秘めおかじ

父は少年航空兵《こうくうへい》
空の青さに召《め》されたり

かなしみばかりよみいでて
母は戦《いくさ》にあらがへど

指さすかなたはるばると
父のまぼろしただ一機

ふるさと遠く麦青く
かなしき父の戦死報《せんしほう》

母は鬼の子ほのほの子
めとられずして子を宿《やど》し

天にいなづま地になみだ
明治大正長かりき

ああ父知らず故郷《くに》知らず

殉死《じゅんし》の母の顔知らず
われは恋知る年となり
恥《はじ》知る名知る誇《ほこ》り知る
祖《そ》国《こく》いづこと問はば問へ
われも母の子恋ぐるひ

もしも住む家がなかったら

おとうとよ
人生は
汽車に似《に》ているね
　さみしくなると
汽笛をならす

おとうとよ
人生は
汽車に似ているね
　さすらいながら
年老《お》いてゆく

ああ　おとうとよ
おとうとよ

だけども旅はすてきだよ
荒野に
野菊も咲いてるし
見知らぬひとが手を振るし

おとうとよ
人生は
汽車に似ているね
　ひとの心に
ときどき停《と》まる

おとうとよ
人生は
汽車に似ているね
　いつか故郷に
帰ってくるんだ

恋人に歌ってあげたかったら

引き算の問題ですよ
十から一羽の駒鳥《こまどり》を引くのです
九から一本の酒壜《さかびん》を引くのです
八から忘れものの帽子を引くのです
七から一夜の忘却《ぼうきゃく》を引くのです
六から一台の手押車《ておしぐるま》を引くのです
五から一望《いちぼう》の青い海の眺《なが》めを引くのです
四から一冊のジャムの詩集を引くのです
三から一人の恋敵《こいがたき》を引くのです
二からは何も引くことはない
一からは何も引くことはない
二人で旅をつづけてゆこう
それがぼくらの恋の唄《うた》

幸福が遠すぎたら

さよならだけが
人生ならば
また来る春は何だろう
はるかなはるかな地の果てに
咲いてる野の百合《ゆり》何だろう

さよならだけが
人生ならば
めぐりあう日は何だろう
やさしいやさしい夕焼と
ふたりの愛は何だろう

さよならだけが
人生ならば

建てたわが家は何だろう
さみしいさみしい平原に
ともす灯《あか》りは何だろう

さよならだけが
人生ならば
人生なんか　いりません

われに五月を抄

五月の詩

きらめく季節に
たれがあの帆を歌ったか
つかのまの僕に
過ぎてゆく時よ

夏休みよ　さようなら
僕の少年よ　さようなら
ひとりの空ではひとつの季節だけが必要だったのだ　重たい本　すこし
雲雀《ひばり》の血のにじんだそれらの歳月たち

萌《も》ゆる雑木は僕のなかにむせんだ
僕は知る　風のひかりのなかで
僕はもう花ばなを歌わないだろう
僕はもう小鳥やランプを歌わないだろう

春の水を祖国とよんで　旅立った友らのことを
そうして僕が知らない僕の新しい血について
僕は林で考えるだろう
木苺《きいちご》よ　寮よ　傷をもたない僕の青春よ
さようなら

　きらめく季節に
たれがあの帆を歌ったか
つかのまの僕に
過ぎてゆく時よ

二十才　僕は五月に誕生した
僕は木の葉をふみ若い樹木たちをよんでみる
いまこそ時　僕は僕の季節の入口で
はにかみながら鳥たちへ
手をあげてみる
二十才　僕は五月に誕生した

三つのソネット

少女に

たれでもその歌をうたえる
それは五月のうた
ぼくも知らない　ぼくたちの
新しい光の季節のうた

郵便夫は愛について語らない
花ばなを読み
ぼくの青春は　気まぐれな
雲の時を追いかけていたものだ

ああ　ぼくの内を一つの世界が駆け去ってゆき
見えないすべてのなかから

ぼくの選択できた唯一のもの　少女よ
ぼくはかぎりなく
おまえをつきはなす
かぎりなくおまえを抱きしめるために

ぼくが小鳥に

ぼくが小鳥になれば
あらゆる明日はやさしくなる
食卓では　見えないが
調和がランプのようにあかるい
朝　配達夫は花園を忘れる
歳月を忘れ
少女は時を見捨て
ぼくには　空が青いばかり

そこに世界はあるだろう
新しいすべての名前たちもあるだろう
だがしかし　名前の外側では無窮《むきゅう》の不幸もあるだろう
小鳥となるな
すくなくとも　ぼくはなるな
手で触れてみない明日のためには

桜の実のうれる頃

もうない君の青春は　たとえば
君の知らない帆の上に
歳月のうっすらした埃《ほこ》りをあびて
忘れられる

桜の実の熟れるころ

君が歌をやめたのは　祖国のため
君があの愛を雲に見捨てたのは　祖国のため
死んでしまったのは　祖国のため

だが　祖国とは何だ
地平に立って
僕は知る　君のやさしさだけを

花ばなをふりまこう　ぼくたちも
やさしさだけがもつ強さのため
たったひとつの　確かさのため

十七才

みんなのまえで
小鳥の言葉が嘘《うそ》になるとき
僕の内でははげしく窓が閉じる

僕はすこしうつむいて
耐えるように暗い僕の内の
階段を下りて帰ってゆく

しかし
火山がすてきに晴れていたりするので
桜の咲く校庭で
僕は手を平らに
胸にあててみたりしたのでした

かずこについて

雲に

呼ぶということはない　捨てることだとだれかが言う

夏休み
世界からかえろうとするたびに
浅間山の白いけむりが空にむせて
ぼくは
何べんもかずこを捨てた

麦藁帽子《むぎわらぼうし》

かずこに時間はなくて
時間がかずこである
とんでゆく青空に
雲はスケッチブックです
ぼくは立ちあがる

雲雀《ひばり》と

ぼくがいなくなるとかずこは
さみしい顔をするだろうか

ぼくはいなくなってみよう
ぼくはいなくなる
さあ、ぼくはいない

夕暮
世界がかずこに押しかける
すると　かずこもいない

目

どの質問にも答えるな
そうしてどの質問にも答えよ
（たとえば過ぎてしまった雲の日のように）

かずこの目は
その木陰でやさしく
ぼくを解析する

木陰では

初夏
おまえと忘れごっこをはじめる
（世界を忘れる）
（海は忘れない）

（そうだ　時間を忘れる）
（忘れることを忘れる）
小鳥があんまりはるかなので
やがて
おまえはおまえを忘れる
ぼくはぼくを忘れる
おまえはおまえを……

ぼくは……

距離

世界はかずこのそとにある
地平は麦藁帽子の下にある

かずこは飛びたいという
ぼくは空の青さを計量する
すると
あかるさが世界を遠ざけるのだ
世界が去ってかずこが残る

八月　永遠というカンバスたち
かずこ　雲に乗る

十九才の

ぼくたちがいるならば
世界は不在でありましょう

いま時間は小川の声たちとなり
この丘は
風だけが知っている

空を歌うな
かずこ　あそこへふたりで帰ろう

遠さがやさしく青いので
不在のかなたに　さあ

麦藁帽子は脱ぎすてて
駆ける

短歌集

初期歌篇

燃ゆる頬抄

森駈《か》けてきてほてりたるわが頬をうずめんとするに紫陽花《あじさい》くらし

わが通る果樹園の小屋いつも暗く父と呼びたき番人が棲《す》む

海を知らぬ少女の前に麦藁帽のわれは両手をひろげていたり

わが鼻を照らす高さに兵たりし亡父の流灯かかげてゆけり

そら豆の殻一せいに鳴る夕母につながるわれのソネット

夏川に木皿しずめて洗いいし少女はすでにわが内に棲む

吊《つる》されて玉葱《たまねぎ》芽ぐむ納屋ふかくツルゲエネフをはじめて読みき

草の笛吹くを切なく聞きており告白以前の愛とは何ぞ

ペタル踏んで花大根の畑の道同人雑誌を配りにゆかん

煙草くさき国語教師が言うときに明日という語は最もかなし

ころがりしカンカン帽を追うごとくふるさとの道駈けて帰らん

知恵のみがもたらせる詩を書きためて暖かきかな林檎《りんご》の空箱

ふるさとの訛《なま》りなくせし友といてモカ珈琲《コーヒー》はかくまでにがし

倖《しあわ》せをわかつごとくに握りいし南京豆を少女にあたう

ラグビーの頬傷は野で癒《い》ゆるべし自由をすでに怖《お》じぬわれらに

雲雀《ひばり》の血すこしにじみしわがシャツに時経てもなおさみしき凱歌《がいか》

わが夏をあこがれのみが駈け去れり麦藁帽子被《かぶ》りて眠る

亡き父にかくて似てゆくわれならんか燕《つばめ》来る日も髭剃りながら

記憶する生

胸病めばわが谷緑ふかからんスケッチブック閉じて眠れど

ドンコザックの合唱は花ふるごとし鍬《くわ》はしずかに大きく振らん

失いし言葉かえさん青空のつめたき小鳥撃ちおとすごと

駈けてきてふいにとまればわれをこえてゆく風たちの時を呼ぶこえ

夏美の歌抄

君のため一つの声とわれならん失いし日を歌わんために

空にまく種子選ばんと抱きつつ夏美のなかにわが入りゆく

空のない窓が夏美のなかにあり小鳥のごとくわれを飛ばしむ

藁の匂いのする黒髪に頬よせてわれら眠らん山羊《やぎ》寝しあとに

肩よせて朝の地平に湧きあがる小鳥見ており納屋の戸口より

青空より破片あつめてきしごとき愛語を言えりわれに抱かれて

死者たちのソネットならん空のため一本の樹の髪そよげるは

しずかなる車輪の音す目つむりて勝利のごとき空を聴くとき

一本の樫《かし》の木やさしそのなかに血は立ったまま眠れるものを

飛べぬゆえいつも両手をひろげ眠る自転車修理工の少年

空は本それをめくらんためにのみ雲雀もにがき心を通る

空には本抄

一粒の向日葵《ひまわり》の種まきしのみに荒野をわれの処女地と呼びき

桃いれし籠《かご》に頬髭おしつけてチエホフの日の電車に揺らる

チエホフ祭のビラのはられし林檎《りんご》の木かすかに揺るる汽車過ぐるたび

莨火《タバコび》を床に踏み消して立ちあがるチエホフ祭の若き俳優

日あたりて貧しきドアぞこつこつと復活祭の卵を打つは

叔母はわが人生の脇役ならん手のハンカチに夏陽《なつび》たまれる

言い負けて風の又三郎たらん希《ねが》いをもてり海青き日は

この家も誰かが道化者ならん高き塀より越えでし揚羽

父の遺産のなかに数えん夕焼はさむざむとどの畦《あぜ》よりも見ゆ

外套《がいとう》のままのひる寝にあらわれて父よりほかの霊と思えず

冬の斧たてかけてある壁にさし陽は強まれり家継ぐべしや

硝煙を嗅《か》ぎつつ帰るむなしさにさむき青空撃ちたるあとは

父葬りてひとり帰れりびしょ濡《ぬ》れのわれの帽子と雨の雲雀《ひばり》と

赤き肉吊せし冬のガラス戸に葬列の一人としてわれうつる

頰つけて玻璃戸《はりど》にさむき空ばかり一羽の鷹をもし見失わば

ひとり酔えば軍歌も悲歌にかぞうべし断崖に町の灯らよろめきて

跳躍の選手高飛ぶつかのまを炎天の影いきなりさみし

目つむりて春の雪崩《なだれ》をききいしがやがてふたたび墓掘りはじむ

サ・セ・パリも悲歌にかぞえん酔いどれの少年と一つのマントのなかに

マッチ擦るつかのま海に霧ふかし身捨つるほどの祖国はありや

血と麦抄

階段の掃除終えきし少年に河は語れり遠きアメリカ

地下水道をいま通りゆく暗き水のなかにまぎれて叫ぶ種子あり

きみのいる刑務所とわがアパートを地中でつなぐ古きガス管

麻薬中毒重婚浮浪不法所持サイコロ賭博われのブルース

五円玉のブルースもあれ陽あたりの空罐の傷足で撫《な》でつつ

黒人に生れざるゆえあこがれき野生の汽《き》罐《かん》車《しゃ》　オリーブ　河など

老犬の血のなかにさえアフリカは目ざめつつありおはよう　母よ

狂熱の踊りはならず祖父の死後帰郷して大麦入りのスープ

アスファルトにめりこみし大きな靴型よ鉄道死して父亡きあととも

死ぬならば真夏の波止場あおむけにわが血怒濤となりゆく空に

セールスマンの父と背広を買いにきてややためらいて鷗《かもめ》見ており

さむき川をセールスマンの父泳ぐその頭いつまでも潜ることなし

すでに亡き父への葉書一枚もち冬田を越えて来し郵便夫

悪霊となりたる父の来ん夜か馬鈴薯くさりつつ芽ぐむ冬

なまぐさき血縁絶たん日あたりにさかさに立ててある冬の斧

さかさまに吊りしズボンが曇天の襞《ひだ》きざみおりわれの老年

北の壁に一枚の肖像かけており彼の血をみな頒《わか》ちつつ老ゆ

わが内に越境者一人育てつつ鍋洗いおり冬田に向きて

橋桁《はしげた》にぶつかる夜の濁流よわが誕生は誰に待たれし

冬海に横向きにあるオートバイ母よりちかき人ふいに欲し

林檎の木伐《き》り倒し家建てるべしきみの地平をつくらんために

きみが歌うクロッカスの歌も新しき家具の一つに数えんとする

乾葡萄《ほしぶどう》喉《のど》より舌へかみもどし父となりたしあるときふいに

夾竹桃《きょうちくとう》咲きて校舎に暗さあり饒舌《じょうぜつ》の母をひそかににくむ

けたたましくピアノ鳴るなり滅びゆく邸の玻璃戸に空澄みながら

鰯雲《いわしぐも》なだれてくらき校廊にわれが瞞《だま》せし女教師が待つ

うしろ手に墜ちし雲雀《ひばり》をにぎりしめ君のピアノを窓より覗く

腋毛濃き家庭教師とあおむけに見ており雲雀空に墜つまで

そそくさとユダ氏は去りき春の野に勝ちし者こそ寂しきものを

愛なじるはげしき受話器はずしおきダリアの蟻を手に這わせおり

わが撃ちし鳥は拾わで帰るなりもはや飛ばざるものは妬まぬ

うしろ手に春の嵐のドアとざし青年は已《すで》にけだものくさき

一つかみほど苜蓿《うまごやし》うつる水青年の胸は縦に拭くべし

泳ぐ蛇もっとも好む母といてふいに羞《は》ずかしわれのバリトン

地下鉄の入口ふかく入りゆきし蝶よ薄暮のわれ脱けゆきて

暗き夜の階段に花粉こぼしつつわが待ちており母の着替えを

氷湖をいま滑る少女は杳《くら》き日の幻にしてわが母ならんか

銅版画にまぎれてつきし母の指紋しずかにほぐれゆく夜ならん

田園に死す抄

大工町寺町米町仏町老母買ふ町あらずやつばめよ

新しき仏壇買ひに行きしまま行方不明のおとうとと鳥

売りにゆく柱時計がふいに鳴る横抱きにして枯野ゆくとき

間引かれしゆゑに一生欠席する学校地獄のおとうとの椅子《いす》

町の遠さを帯の長さではかるなり呉服屋地獄より嫁ぎきて

生命線ひそかに変へむためにわが抽出《ひきだ》しにある　一本の釘《くぎ》

たつた一つの嫁入道具の仏壇を義眼《いれめ》のうつるまで磨くなり

中古《ちゆうぶる》の斧買ひにゆく母のため長子は学びをり　法医学

ほどかれて少女の髪にむすばれし葬儀の花の花ことばかな

川に逆ひ咲く曼珠沙華《まんじゆしやげ》赤ければせつに地獄へ行きたし今日も

売られたる夜の冬田へ一人来て埋めゆく母の真赤な櫛を

亡き母の真赤な櫛で梳《す》きやれば山鳩の羽毛抜けやまぬなり

亡き母の位牌の裏のわが指紋さみしくほぐれゆく夜ならむ

村境の春や錆《さ》びたる捨て車輪ふるさとまとめて花いちもんめ

濁流に捨て来し燃ゆる曼珠沙華あかきを何の生贄とせむ

見るために両瞼をふかく裂かむとす剃刀の刃に地平をうつし

白髪を洗ふしづかな音すなり葭切《よしきり》やみし夜の沼より

かくれんぼの鬼とかれざるまま老いて誰をさがしにくる村祭

亡き父の歯刷子《はブラシ》一つ捨てにゆき断崖の青しばらく見つむ

吸ひさしの煙草《タバコ》で北を指すときの北暗ければ望郷ならず

とんびの子なけよとやまのかねたたき姥捨《うばすて》以前の母眠らしむ

降りながらみづから亡《ほろ》ぶ雪のなか祖父《おほちち》の瞠《み》し神をわが見ず

情死ありし川の瀬音をききながら毛深き桃を剝《む》き終るなり

おとうとの義肢作らむと伐《き》りて来しどの桜木も桜のにほひ

はこべらはいまだに母を避けながらわが合掌の暗闇に咲く

鶏頭の首なしの茎流したる川こそ渡れわが地獄変

灌木《くわんぼく》も老婆もつひに挽《ひ》かざりし古　鋸《のこぎり》が挽く花カンナ

死の日よりさかさに時をきざみつつつひに今には到らぬ時計

春の野にしまひ忘れて来し椅子は鬼となるまでわがためのもの

地球儀の陽のあたらざる裏がはにわれ在り一人青ざめながら

テーブルの上の荒野抄

女優にもなれざりしかば冬沼にかもめ撃たるる音聴きてをり

テーブルの上の荒野をさむざむと見下《みおろ》すのみの劇の再会

稽古場《けいこば》の夜の片隅ひと知れず埋めてしまひしチエホフのかもめ

町裏で一番さきに灯ともすはダンス教室わが叔父は　癌《がん》

撞球台の球のふれあふ荒野までわれを追ひつめし　裸電球

白球が逃亡の赤とらへたる一メートルの旅路の終り

冬の犬コンクリートににじみたる血を舐《な》めてをり陽を浴びながら

人生はただ一問の質問にすぎぬと書けば二月のかもめ

艇庫より引きだされゆくボート見ゆ川の向ふのわが脱走夢

山鳩をころしてきたる手で梳《す》けば母の黒髪ながかりしかな

わが天使なるやも知れぬ小雀《こすずめ》を撃ちて硝煙嗅《か》ぎつつ帰る

母売りてかへりみちなる少年が溜息橋《ためいきばし》で月を吐きをり

父親になれざりしかな遠沖を泳ぐ老犬しばらく見つむ

俳句集

初期句篇

病む妹《いも》のこゝろ旅行く絵《ゑ》双六《すごろく》

小春日や病む子も居たる手毬唄

青空がぐんぐんと引く凧《たこ》の糸

夕立に家の恋しい雀《すずめ》かな

コスモスやベル押せど人現れず

生命線を透かせば西日病室に

シベリアも正月ならむ父恋し

ひぐらしの道のなかばに母と逢う

蟻《あり》走る母の影より出てもなお

浮寝鳥また波が来て夜となる

眠る孤児木枯に母奪《と》られしか

凍蝶《いててふ》とぶ祖国悲しき海のそと

冬霧に樹の香がはげし斧振るたび

ちゝはゝの墓寄りそひぬ合歓《ねむ》のなか

麦踏みの背を押す風よ父あらば

草萌《くさもえ》や鍛冶屋の硝子《ガラス》ひびきやすき

母来るべし鉄路の菫《すみれ》咲くまでには

初蝶ぬけし書店の暗きに入る

馬車の子のねむき家路に春の雷

葱《ねぎ》坊主どこをふり向きても故郷

もし汽車が来ねば夏山ばかりの駅

村の子みんな唱歌が好きで蝸牛《かたつむり》

詩も非力かげろう立たす屋根の石

夕焼に父の帆なほも沖にあり

右車窓に海がとまりて秋の蝶

鷹舞へり父の遺業を捧ぐるごと

雁かへる胸の遺骨に影とめず

梨花白し叔母は一生三枚目

ユダ恋ひてなぐさむ男月見草

舟虫は桶ごと乾けり母恋し

五月の雲のみ仰げり吹けば飛ぶ男

父還せランプの埃を草で拭き

目つむりていても吾《あ》を統《す》ぶ五月の鷹

春の銃声川のはじまり尋《と》めゆきて

ラグビーの頬傷ほてる海見ては

チェホフ忌頬髭おしつけ籠桃抱き

九月の森石打ちて火を創るかな

文芸は遠し山焼く火に育ち

燃ゆる頬花よりおこす誕生日

人力車他郷の若草つけて帰る

秋の曲梳《す》く髪おのが胸よごす

種まく人おのれはずみて日あたれる

林檎の木ゆさぶりやまず逢いたきとき

蝶どこまでもあがり高校生貧し

うつむきて影が髪梳く復活祭

母は息もて竈火《かまどび》創るチェホフ忌

二階ひゞきやすし桃咲く誕生日

流すべき流灯われの胸照らす

桃うかぶ暗き桶水父は亡し

夏井戸や故郷《くに》の少女は海知らず

されど逢びき海べの雪に頬搏《う》たせ

便所より青空見えて啄木忌《たくぼくき》

草餅や故郷《くに》出し友の噂《うわさ》もなし

野茨《のいばら》つむわれが欺《だま》せし教師のため

秋の逢びき燭《ともしび》の灯に頬よせて消す

啄木の町は教師が多し桜餅

冬墓の上にて凧がうらがえし

花売車どこへ押せども母貧し

青む林檎水兵帽に髪あまる
わが夏帽どこまで転べども故郷
雪解の故郷出る人みんな逃ぐるさま
黒人悲歌桶にぽつかり籾殻《もみがら》浮き
麦の芽に日当るごとく父が欲し
車輪の下はすぐに郷里や溝清水
崖上《がけうえ》のオルガン仰ぎ種まく人
牛小屋に洩《も》れ灯のまろきチエホフ忌
黒髪に乗る麦埃婚約す

ラグビーの影や荒野の声を負い

父と呼びたき番人が棲む林檎園

枯野ゆく棺のわれふと目覚めずや

熊蜂とめて枝先はずむ母の日よ

たんぽぽは地の糧詩人は不遇でよし

方言かなし菫《すみれ》に語り及ぶとき

西行忌《さいぎょうき》あおむけに屋根裏せまし

この家も誰かが道化揚羽高し

胸痛きまで鉄棒に凭《よ》れ鰯雲《いわしぐも》

長子かえらず水の暗きに桃うかぶ

土筆《つくし》と旅人すこし傾き小学校

秋の噴泉かのソネットをな忘れそ

鳥影や火焚きて怒りなぐさめし

桐の幹こゝに幼き罪の日あり

倒れ寝る道化師に夜の鰯雲

他郷にてのびし髭剃る桜桃忌

にわかに望郷葱をスケッチブックに画《か》き

軒燕《のきつばめ》古書売りし日は海へ行く
寒雀ノラならぬ母が創りし火
車輪繕う地のたんぽゝに頰つけて
山鳩啼《な》く祈りわれより母ながき
黒穂抜き母音いきづく混血児
目つむりて雪崩《なだれ》聞きおり告白以後
紙屑を捨てゝ舟を見る西行忌
芯くらき紫陽花《あじさい》母へ文書かむ

ここで逢びき落葉の下に川流れ

詩人死して舞台は閉じぬ冬の鼻

教師呉《く》れしは所詮知恵なり花茨

沖もわが故郷ぞ小鳥湧き立つは

亡びつゝ巨犬飼う邸《いへ》秋桜

花粉航海抄

十五歳抱かれて花粉吹き散らす

父を嗅ぐ書斎に犀《さい》を幻想し

午後二時の玉突き父の悪霊呼び

表札や滅びいそぎて鰯雲《いわしぐも》

土曜日の王国われを刺す蜂いて

影墜ちて雲雀《ひばり》はあがる詩人の死

色鉛筆を失《な》くしたる子や秋まつり

癌すすむ父や銅版画の寺院

暗室より水の音する母の情事

母を消す火事の中なる鏡台に

裏町よりピアノを運ぶ癌の父

鍵穴に蜜ぬりながら息あらし

鰐《わに》狩りに文法違反の旅に出き

老木に斧を打ちこむ言魂なり

沈む陽に顔かくされて秋の人

猟銃音のこだまを胸に書物閉ず

亡き父にとゞく葉書や西行忌

テレビに映る無人飛行機父なき冬

木の葉髪書けば書くほど失えり

秋風やひとさし指は誰の墓

蛍来てともす手相の迷路かな

出奔す母の白髪を地平とし

家負うて家に墜ち来ぬ蝸牛《かたつむり》

かくれんぼ三つかぞえて冬となる

お手だまに母奪われて秋つばめ
稲妻に目とじて神を瞠《み》ざりけり
母とわが髪からみあう秋の櫛《くし》
満月やわが首の影ちゞみ消え
私生児が畳をかつぐ秋まつり
母の蛍捨てにゆく顔照らされて
秋まつり子消し人形川に捨て
書物の起源冬のてのひら閉じひらき
雁渡るあやとりの梯子《はしご》は消え

蛍火で読みしは戸籍抄本のみ

ランボーを五行とびこす恋猫や

わが死後を書けばかならず春怒濤

目かくしの背後を冬の斧通る

眼帯に死蝶《しちょう》かくして山河越ゆ

汽車が過ぎ秋の魔が過ぐ空家かな

犬の屍を犬がはこびてクリスマス

冷蔵庫の悪霊を呼ぶ父なき日

次の頁《ページ》に冬来たりなばダンテ閉ず

父へ千里水の中なる脱穀機

酢を舐《な》める神父毛深し蟹料理

暗き蜜少年は扉の影で待つ

秋は神学ピアノのかげに人さらい

肉体は死してびっしり書庫に夏

老いたしや書物の涯《はて》に船沈む

手で溶けるバターの父の指紋かな

法医学・桜・暗黒・父・自瀆《じとく》

少年のたてがみそよぐ銀河の橇《そり》

自らを浄《きよ》めたる手に花粉の罰

月蝕待つみずから遺失物となり

読書するまに少年老いて草雲雀《くさひばり》

テーブルの下の旅路やきりぎりす

黒髪が畳にとゞく近松忌

鏡台にうつる母ごと売る秋や

父ありき書物のなかに春を閉じ

少女詩集

ぼくが死んでも

ぼくが死んでも　歌などうたわず
いつものようにドアを半分あけといてくれ
そこから
青い海が見えるように

いつものようにオレンジむいて
海の遠鳴《とおな》り数《かぞ》えておくれ
そこから
青い海が見えるように

十五歳

ある朝
ぼくは思った
ぼくに愛せないひとなんてあるだろうか

だが
ある朝
ぼくは思った
ぼくに愛せるひとなんているだろうか

ぼくの
書きかけの詩のなかで
巣《す》のひばりがとび立とうとしている

日は　いつも曇《くも》っているのに

汽車

ぼくの詩のなかを
いつも汽車がはしってゆく
その汽車には　たぶん
おまえが乗っているのだろう
でも
ぼくにはその汽車に乗ることができない
かなしみは
いつも外から
見送っていたい

ひとり

いろんなとりがいます
あおいとり
あかいとり
わたりどり
こまどり　むくどり　もず　つぐみ

でも
ぼくがいつまでも
わすれられないのは
ひとり
という名のとりです

てがみ

つきよのうみに
いちまいの
てがみをながして
やりました

つきのひかりに
てらされて
てがみはあおく
なるでしょう

ひとがさかなと
よぶものは
みんなだれかの
てがみです

翼について

鳥はとぶとき
つばさでとぶが
あなたはとぶとき
何でとぶのですか？

私は暮《く》れやすいビルの
いちばん高い場所に立って考える
アランの「幸福論」でとべるか？
モーツァルトのジュピターで
とべるか？
あの人の
愛でとべますか？

はるかな夕焼に向かって
両手をひろげると
私はいつでも
かなしくなってしまうのです

見えない花のソネット

そこに
見えない花が咲いている
教《おし》えてあげよう
ぼくの足もとだ

数《かぞ》えてみると
花びらは四枚　色は薄《うす》いオレンジ
花ことばは知らないけれど
いつも風にゆれている

そこに
見えない花が咲いている
ぼくにだけしか見えない花が咲いている

だから
さみしくなったら
ぼくはいつでも帰ってくる

ダイヤモンド *Diamond*

木という字を一つ書きました
一本じゃかわいそうだから
と思ってもう一本ならべると
林という字になりました
淋《さび》しいという字をじっと見ていると
二本の木が
なぜ涙ぐんでいるのか
よくわかる
ほんとに愛しはじめたときにだけ
淋しさが訪れるのです

赤とんぼ

月曜日　女は古道具屋まで行ってなにも売らずに帰ってきた
火曜日　女ははじめて酒をのんだ
水曜日　女は洗濯《せんたく》した　いつもの半分の時間で
木曜日　女はなぜか公園のベンチに一人坐《すわ》っていた
金曜日　女は不動産屋の前で立ちどまった
土曜日　女はレコード屋の前でいつまでもニーナ・シモンを聴《き》いていた
日曜日　女は一人で泣いた

　わかれてしまった窓べりに
今日もとんぼが来てとまる

ニューヨークからの絵葉書

ある日
ぼくは海がほしかった
バケツを持って
買いに行ったが
どこにも売っていなかった

ニューヨークのマンハッタンの
五十七番街で
ぼくはとんでもない
かなしみを思い出した

友だち

浴槽《よくそう》で鰐《わに》を飼《か》うことにした
鰐はだれをも愛さない
とびきり下品《げひん》なぼくにはお似合いの
鰐はドレスアップしたままで浴槽に入る
きらわれもの同士で
モーツァルトを聴《き》きながら
人生の悪口を言おう
恋なんてどうせたいしたもんじゃないのさ
そして
寝るときは
べつべつに寝るにかぎる！

カウボーイ・ポップ

だれかが
ぼくのベッドの下に小鳥の巣をしかけた
のでうるさくて
眠れないよ

しかたがないから
カウボーイにでもなろうかな
と
洋服ダンスをあけると
一匹の牛がとびだした！

ぼくは
ハンク・ウイリアムスのレコードを持っている
さすらいの口笛を吹ける

サン・アントニオの小さな黄色い花
古道具屋で買ったウインチェスター銃
そしてこれから刺青《いれずみ》する
わかい二本の腕と
ビリー・ザ・キッドの悪漢《あっかん》魂《だましい》を持っているけど
ぼくは
それら全部を脱《ぬ》ぎすてて
彼女の部屋に向かおう
ベッドの上の大草原めざして

お嬢さん！
ロデオをしよう
ぼくの荒縄《あらなわ》は　てごわいよ

ジゴロになりたい

アメリカン・フットボール選手のジョオが
洋式便器《ようしきべんき》に腰かけて
すぎさった情事《じょうじ》を瞑想《めいそう》している

プールには
鰐《わに》が泳いでいる

五月の森にだれかが置き忘れた
三〇年代の古いポータブル蓄音器《ちくおんき》が
今もひとりでまわっている

Having fun in the Bath-room.
With you, with you,

ロマンスは
これからはじまるのです
ぼくはそれまでチャンスを待って
マダムの買物籠《かご》のなかにかくれているよ
一匹の
野兎《のうさぎ》のように

しみのあるラプソディー

大山デブコと写真を撮《と》った
とびきり大きな鵞鳥《がちょう》と二重唱《にじゅうしょう》した
ガリガリ博士と体重をはかり
足の悪い少女とプールで泳いだ
いつでも
ぼくのほうがちょっとばかり
かっこよかった
ぼくは桜んぼを食べながら
プールサイドで
哲学した
かなしみというしみは　どんなしみ？

子猫

子猫がいねむりしてるまに
ぼくははじめての煙草《タバコ》をおぼえた
子猫がいねむりをしてるまに
ぼくははじめて恋をした
子猫がいねむりをしてるまに
ぼくはみじかい旅行をした
子猫がいねむりをしてるまに
ぼくは別れのにがさを知った
子猫がいねむりしてるまに
ああ　地球がまわる　地球がまわる

ぼくは猫する

ぼくの書いた詩から
一匹の猫が抜け出して
すがたを消した

その日から
ぼくは恋に目ざめた
ブラッドフォード家の応接間
十七歳のぼくは令嬢と二人で
せっかちなくちづけをかわした
（さあ　早く早く）
とぼくは靴をぬいだ
（早く大人になってしまおうよ）

ぐずぐずしてると

猫がもどってくる
ぼくの詩がもと通りになってしまったら
もう大人になるのは
おそすぎる!

＊

恋という字と
猫という字を
入れ替《か》えてみよう

「あの月夜に
トタン屋根の上の一匹の恋を見かけてから
ぼくはすっかり
あなたに猫してしまった」と

それからブランディをグラスに注《つ》いでいると
恋がすぐそばでひげをうごかしている

なんにでも値段をつける古道具屋のおじさんの詩

ぼくはたずねる
——ロバとピアノは
どっちが高い?

おじさんは答える
——ピアノだよ

じゃあ　ピアノと詩集は
どっちが高い?

ものにもよるけど
詩集が高いことだってあるさ

じゃあ　詩集と春とは

どっちが高い？

春だよ　もちろん
季節は　超《ちよう》高級品だから

じゃあ　春と愛とは
どっちが高い？

愛だろう
めったに　売りには出ないけど

そこでぼくは　最後にたずねる
ぼくのいちばん知りたい質問

――愛となみだは
どっちが高い？

思い出すために

セーヌ川岸の
手まわしオルガンの老人を
忘れてしまいたい

青麦畑《あおむぎばたけ》でかわした
はじめてのくちづけを
忘れてしまいたい

パスポートにはさんでおいた
四つ葉のクローバ　希望の旅を
忘れてしまいたい

アムステルダムのホテル
カーテンからさしこむ　朝の光を

忘れてしまいたい
はじめての愛だったから
おまえのことを
忘れてしまいたい

みんなまとめて
今すぐ
思い出すために

時は過ぎゆく

わたしが見た　と
ひばりが言った
私はおどろいて青い地平を見つめたが
時が何であったか
見ることはできなかった

わたしが聞いた　と
青麦たちが言った
のどかな故郷の畦道《あぜみち》に立止まり　私は耳をすましたが
時が何であったか
聞くことはできなかった

わたしが触れた　と
少年が言った

川のほとりではずかしそうに　二人は黙ってしまったが
時が何であったか
感じることはできなかった

私は
いつでも途方にくれている
地平線はすでに
大人である

あなたに

書物のなかに海がある
心はいつも航海をゆるされる
書物のなかに草原がある
心はいつも旅情をたしかめる
書物のなかに町がある
心はいつも出会いを待っている

人生はしばしば
書物の外ですばらしいひびきを
たてて
くずれるだろう
だがもう一度

やり直すために
書物のなかの家路を帰る
書物は
家なき子の家

けむり

ことばで
一羽の鷗《かもめ》を
撃ち落とすことができるか

ことばで
沈む日を
思いとどまらせることができるか

ことばで
バルセロナ行の旅客船を
増発できるか

ことばで
人生がはじまったばかりの少女の薄い肩を

つかむことができるか
私は
かなしくなると
けむりを見ている

種子

きみは
荒れはてた土地にでも
種子《たね》をまくことができるか?

きみは
花の咲かない故郷の渚《なぎさ》にでも
種子をまくことができるか?

きみは
流れる水のなかにでも
種子をまくことができるか?

たとえ
世界の終りが明日だとしても

種子をまくことができるか？

恋人よ
種子はわが愛

歌謡詩集

山羊にひかれて

山羊《やぎ》にひかれてゆきたいの
遙《はる》かな国までゆきたいの
しあわせそれともふしあわせ
山のむこうに何がある

愛した人も　わかれた人も
大草原に　吹く風まかせ

山羊にひかれてゆきたいの
思い出だけをみちづれに
しあわせそれともふしあわせ
それをたずねて旅をゆく

家なき子

母のない子も恋をする
家のない子も恋をする
だから私も恋をする

流れる雲も恋をする
空のひばりも恋をする
だから私も恋をする

だけど私はわからない
恋するすべがわからない
ユーカリの花咲く頃に

母のない子も恋をする
家のない子も恋をする
だから私も恋をする

ふしあわせと言う名の猫

ふしあわせと言う名の猫
がいる
いつもわたしのそばに
ぴったり寄りそっている

ふしあわせと言う名の猫
がいる
だからわたしはいつも
ひとりぼっちじゃない

このつぎ春が
来たなら
むかえに来ると
言った

あのひとの嘘つき
もう春なんか
来やしない

ふしあわせと言う名の猫
がいる
いつもわたしのそばに
ぴったり寄りそっている

裏窓

裏窓からは
夕陽が見える
洗濯干場《せんたくほしば》の梯子《はしご》が見える
裏窓からは
寄りそってるふたりが見える

裏窓からは
川が見える
暗いはしけの音が聞こえる
裏窓からは
ときどきひとの別れが見える

裏窓からは
あたしが見える

三年前はまだ若かった
裏窓からは
しあわせそうなふたりが見える

だけど夜風がバタン！
扉を閉じるよバタン！
また開《あ》くよバタン！
もうまぼろしは消えていた

裏窓からは
川が見える
あかりを消せば未練も消える
裏窓からは
別れたあとの女が見える

山河ありき

歌を忘れて
ひとり死にに帰る
ふるさとの青い
山河は今も変ることなし

あの日
嫁《とつ》いで行くと決めたひとが
ひとりのままで死んで
ふるさとの谷の
みどりもあせた

死んで鳥になって
あなたのお墓の空を
とびたい

せめてものあの日のお詫《わ》びに
もしも想い出したら
伝えておくれ
浮気女が帰ってきて
今日もふるさとの空を
さびしくとんでると

戦争は知らない

野に咲く花の名前は知らない
だけども野に咲く花がすき
帽子にいっぱい摘《つ》みゆけば
なぜか涙が　涙が出るの

戦争の日を何も知らない
だけどもあたしに父はいない
父を思えば　ああ荒野に
赤い夕陽が　夕陽がしずむ

戦《いくさ》で死んだかなしい父さん
あたしはあなたの娘です
二十年後のこの故郷《ふるさと》で
あしたお嫁に　お嫁にいくの

みていてくださいはるかな父さん
鰯雲《いわしぐも》とぶ空の下
戦《いくさ》知らずに二十歳《はたち》になって
嫁《とつ》いで母に　母になるの

野に咲く花の名前は知らない
だけども野に咲く花がすき
帽子にいっぱい摘みゆけば
なぜか涙が　涙が出るの

あるボクサーの死

一人のボクサーが死んだ
腹へらして
二月のさむい夜
ジムの控室で
残したものはアパートの
物干台《ものほしだい》のシャツと
貧しい父の写真
歯ぶらし
故郷からの手紙の一束《ひとたば》と
グローブだけ

一人のボクサーが死んだ
力石徹《りきいしとおる》よ
おれは空を見あげる

射手座《いてざ》の星をさがして
あいつは空をとべないだろう
死んだボクサーは
鳥にはなれないから

一人のボクサーが死んだ
血に飢えて
魂《たましい》の荒野で
ジャンキーだったあいつ
ふしあわせという名の猫一匹
ふところにいれて
女の味も知らず
馬鹿なやつさ
空手形《からてがた》のチャンピオンめざし
二日酔《ふつかよい》

一人のボクサーが死んだ
力石徹よ
英雄なんていない
終電車が帰ってゆくよ

あいつはいつも歌ってた
あどけない声で
空をとぶ夢を

しゃぼん玉とんだ
屋根までとんだ
屋根までとんで
こわれてきえた

一人のボクサーが死んだ
腹へらして
二月のさむい夜

権力は墜《お》ちた鳥
あしたのジョーはいつでもめざす
あしたがあった
朝日のあたる家
嘘っぱち
おれのあしたは
地獄へ向かう

あばよ
あばよ

生れてはみたけれど

生れてはみたけれど
父さん母さんいるじゃなし
洗濯干場《せんたくほしば》のたそがれに
ぼんやり見ていた　渡り鳥

生れてはみたけれど
帰る故郷があるじゃなし
やさしいことばほしくなり
だまされにゆく　安酒場

生れてはみたけれど
筋《すじ》も掟《おきて》も知りませぬ
妻も子もあるひとだけど
おしたいします　めくら花

生れてはみたけれど
妻という名にあこがれて
あなたの家の表札《ひょうさつ》を
ぼんやり見ていた　赤とんぼ

みだれ髪

いっそ二人で　逃げようか
それともこのまま　わかれよか
夜のさみしい駅に来て
汽笛を聴《き》いて　いる二人
あなた年上　みだれ髪
ぼくはあじさい
狂い咲き

夜は酒場の　花と咲き
昼は人妻　人の母
たった一度の恋なのと
うちあけられて　ついてきた
あなた年上　みだれ髪
ぼくははじめて

恋狂い

死ぬ気になれば　二人して
何とかやれる　北の町
だけどあなたの　お守りの
子供の写真が　気にかかる
あなた年上　みだれ髪
ぼくはいつかは
渡り鳥

なみだがななつ

あなたとわかれて　なみだがななつ
ななつなつめの　花咲いた

さよならさんかく　てがみはしかく
そっとくちづけ　して出した

忘れられない　忘れたい
忘れられない　忘れたい
あたしを捨《す》てた　ひとなのに
妻も子もある　ひとなのに

あなたとわかれて　なみだがななつ
ななつ泣き泣き　今も好き

劇詩集

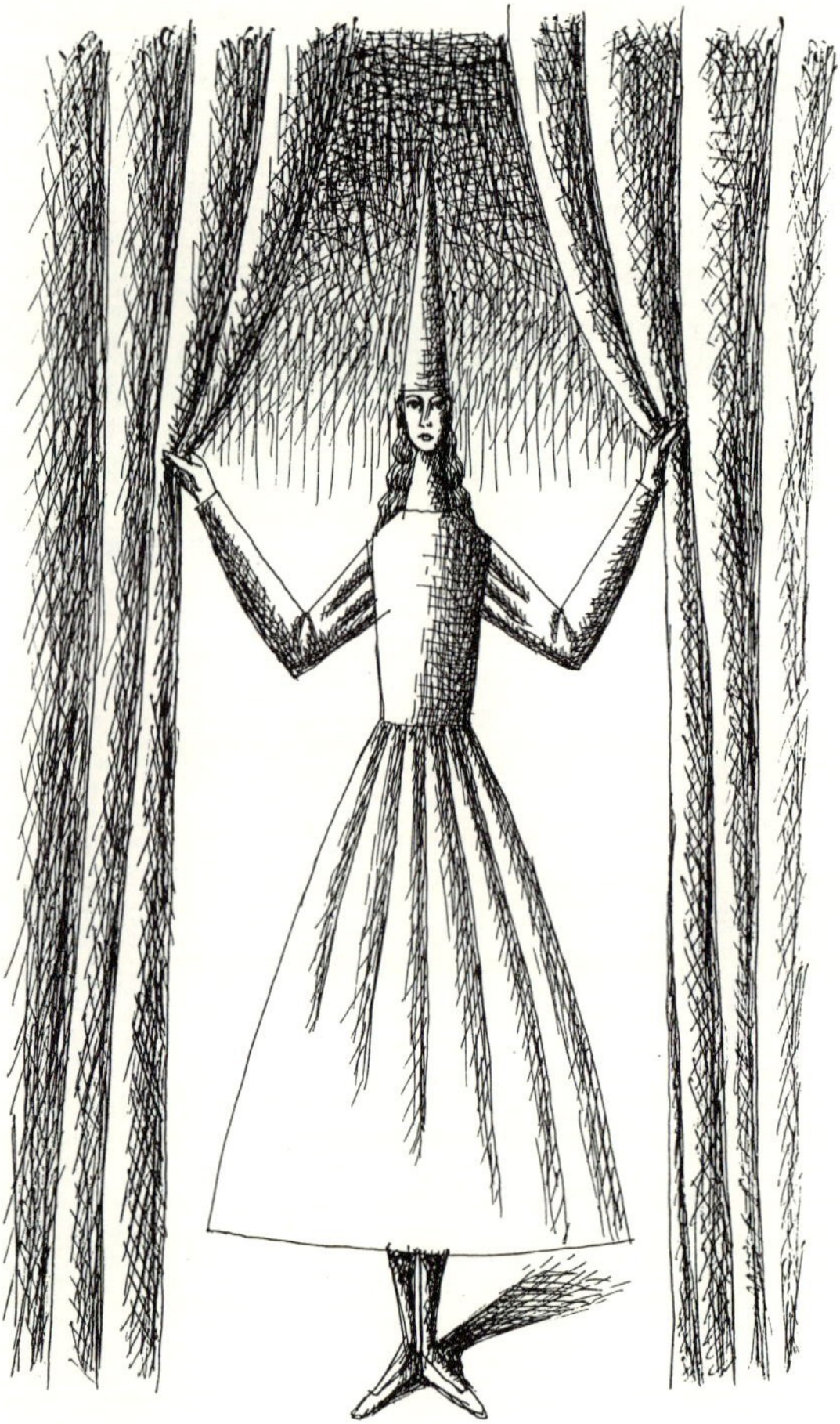

銀幕哀吟

あゝ過ぎさりし　銀幕に
あえかにわかきわが少女
吹く秋かぜに黒かみを
さらしたる日を歌へとや
かたみにはだをさらしつゝ
愛も誓はでわかれたる
男のかずをひと知るや

けもののみちに血をさらし
千草のかげになみだして
銀幕いくよさすらひの
おかされてきし旅なりき
あゝ母知るや　父知るや
重きうれひの日を過ぎて

小萩《こはぎ》は白く野に咲くを

飛べない女がひとりいて、いつも見あげる空でした。
雲の流れる果て遠く、過ぎて行ったはただ一機、父は少年航空兵。
わたしはうそをつきました。
自殺もできずに遺書を書き、愛しもせずに人を抱き、ひとのせりふで泣き笑い。
人生たかが花いちりん。軽い花ならタンポポの、わたさえ空を飛べるのに、
うそでかためた銀幕へ、十九のはだをさらしつゝ、演《や》って極楽、観《み》て地獄！

惜春鳥

姉が血を吐《は》く
妹が火を吐く
謎の暗闇《くらやみ》　壜《びん》を吐く

壜の中身の
町内会は
底をのぞけば　身も細る

ひとり地獄を
さまようあなた
戸籍謄本《こせきとうほん》盗まれて

血よりも赤き
花ふりかざし

人の恨《うら》みを　めじるしに

影を失《な》くした
天文学は
まっくらくらの　家なき子

銀の羊と
うぐいす連れて
あたしゃ死ぬまで　あとつける

曲馬団エレジー

謎が笛吹く　影絵が踊る
死んだ子供のサーカスだ
とんぼ返りで地球がまわり
あとはまっくら闇《やみ》ばかり
赤い一番星　見つけた

色エンピツに　またがって
ゆくぞ地獄の天文館《てんもんかん》
天幕《テント》はずせば夜の公園
ぼくのお墓が一二の三
赤い一番星　見つけた

ゆうべ見た夢　あの人さらい
電信柱の赤マント
少年倶楽部《クラブ》の附録《ふろく》になって
死んだ母さま　とんできた

花嫁御寮

きんらんどんすで
首しめられて
花嫁ごりょうは
なぜ泣くのだろう

あねさんごっこの
花よめ人形は
荒縄しばりの
おしおきしましょ

このやのあるじは
花よめぎらい
着せてあげましょ
血まみれ衣裳《いしょう》

家族あわせの
おいのりしましょ
のろいのろわれ
十五夜お月さん

赤いかのこの
ふりそでのまま
かわいい子守は
生埋めしましょ

家族あわせにゃ
花嫁いらぬ
よそから吹く風
みな地獄ゆき

暁に祈る——川島芳子

北京《ペキン》第一監獄《かんごく》に
とどろきわたる銃声や
花と散ったか男装《だんそう》の
女スパイの名も高き
川島芳子《よしこ》ただひとり

女が戦争にゆくときは
「家はあれども帰るまじ
涙あれども見せるまじ」

死んだふりして倒れたが
兵士の去ったすぐあとで
すっくと荒野に立ちあがり
白いマントをひるがえし

復讐戦《ふくしゅうせん》にまたむかう

女が戦争にゆくときは
「男がいても、夢を捨《す》て
愛があっても、花を捨て」

皮のブーツに金の鞭《むち》
女だてらに馬にのり
みどりの髪を断《た》ちきって
あかい夕日の地平を撃《う》ちにゆく
川島芳子ただひとり

女が戦争に行くときは
女が戦争に行くときは
「たとえ祖国が破れても
もう歌うまい、恋なんか」

火の鳥――伊藤野枝

あなたは吃《ども》りのくせがあり
あなたは原稿書いている
暗いマッチに照らされる
その横顔はアナキスト
いつも刑事に追われてた

あなたは燃ゆる火の鳥で
あたしはついてく恋の鳥

夜霧のふかき上海《シャンハイ》の
密航船《みっこうせん》の船底で
たしかめあった愛などは
忘れたように群衆の
中にまぎれてゆくあなた

あなたは燃ゆる火の鳥で
あたしはついてく恋の鳥

ともに入った監獄も
つめたい壁にへだてられ
信じるだけの月あかり
美は乱調にありながら
みだれ過ぎたる黒髪を

せめてあたしも火の鳥と
なって翼《つばさ》を燃やしたい

未刊詩集

アメリカ

マルのピアノにのせて時速一〇〇キロ
で大声で読まれるべき五二行のアメリカ

アメリカよ
小雨けむる俺の安アパートの壁に貼《は》られた一枚の地図よ
そして
その地図の中のケンタッキー州ルイスビルに消えて行った
二年前の俺のぬけがら
チャーリー・パーカーのレコードの古疵《ふるきず》を撫《な》でる
後悔と侮蔑《ぶべつ》の　英文科二年生　秋本昇一の　二十年間の醒《さ》めない悪夢よ
そしてまた　二度と帰還することのないB29
草の葉の第二次大戦のアレックスやヘンリーやトーマスよ
死んでしまったのだ　ジェームス・ディーンの机の抽出《ひきだ》しに

いまも忘れられている
模型飛行機のカタログよ
歌うな数えよ　数だけが政治化されるのだ
プエルトリカンの洗濯干場の十万の汚れたシーツよ
時代なんかじゃなかった　飛べば空なのだ
すっぱりと涙よ　アメリカにも空があって
エンパイヤーステートビルから　俺の心臓まで
死よりも重いオモリを突き刺すパンアメリカン航空のカレンダーよ
キリーロフは見捨て　圭子はあこがれる
ジャック・アンド・ベティのマイホーム
ニューギニアの海戦で俺の親父《おやじ》を殺したアメリカよ
コカコーラはビル街を大洪水にたたきこむ
カーク・ダグラスの顎《あご》のわれ目のアメリカ
マルクス兄弟の母国のアメリカ
ホットドッグにはさまれたソーセージが唸《うな》り立つ勃起《ぼっき》のアメリカ
老人ホームの犬は芸当が得意な
おさらばのアメリカよ

大列車強盗ジェシー・ジェームズのアメリカ
できるならば　そのおさねを舐《な》めてみたいナタリー・ウッドのアメリカ
カシアス・クレイことモハメッド・アリがキャデラックにのって詩を書くアメリカ
百万人の啞《おし》たちの「心の旅路」のアメリカ
そしてヴェトナムでは虐殺のアメリカよ
見えるか　スタッティアイランド　あこがれの摩天楼を遠望しながら
二人ぼっちで棒つきキャンディをしゃぶったジェーンとその兄のアメリカよ
おかまのジェームス・ボールドウィンはなぜ白人としか寝ないのだアメリカ
LSD5ドルで天国のアメリカ
マンホール工事は墓掘り仕事のニックの孤独なアメリカよ
ホーン・アンド・ハーダーで15セントのコーヒーばかり啜《すす》る
ユダヤ人のワインベルグはいつ母親を売りとばすのか
そしてまたアーチ・シェップは眼帯をかけて叩《たた》きまくる半分のアメリカよ
今日もハリウッドの邸宅のプールで夜泳ぐ老女優ベティ・デヴィスの最後のメンスよ
星条旗よ　永遠なれ　アメリカよ　アメリカよ
それはあまりにも近くて遠い政治化
ラッキーストライクの日の丸を撃つために　駅馬車は旅立つ

カマンナ・マイ・ハウスのアメリカよ
地図にはありながら　幻のアメリカ
遥《はる》かなる大西部の家なき子
それは過去だ
あらゆるユートピアはいかり肩で立ちあがる
鷹がくわえた死の翳《かげ》のアメリカ
醒めるのだ　歌いながら　今すぐにアメリカよ！

李庚順抄

母親を殺そう　と思いたってから
李《り》は牛の夢を見ることが多くなった
蒼《あお》ざめた一頭の牛が
眠っている胸の上を鈍いはやさでとんでいるのを感じた
とんでいると言うよりは浮んでいるといった方がいいかも知れないが
ともかくその重さで
汗びっしょりになって李は目ざめる
すると闇のなかで
安堵《あんど》しきった母親のヨシが寝息をたてているのが見える
李はその母親をじっとみつめる
こんどはたしかに夢ではなく現実なのに
母親のヨシの顔が
どこかやっぱり蒼ざめた牛に似ているような気がするのである
そう思っているとふいに闇のむこうで

連絡船の汽笛が鳴る
こんなみすぼらしい
こんなさみしい幸福について
もしおれがそっとこの部屋を脱《ぬ》けだしてしまったら
誰が質問にこたえてくれるだろう
一体誰が?
ああ　暗いな
と李は思う
その李の頭上にギターがさかさまに吊《つ》られている

ロング・グッドバイ

1

血があつい鉄道ならば
走りぬけてゆく汽車はいつかは心臓を通るだろう
同じ時代の誰かが
地を穿《うが》つさびしいひびきを後にして
私はクリフォード・ブラウンの旅行案内の最後のページをめくる男だ
合言葉は　A列車で行こう　だ
そうだ　A列車で行こう
それがだめなら走って行こう

時速一〇〇キロのスピードで　ホーマーの「オデッセー」を読みとばしてゆく爽快《そうかい》
さ！

想像力の冒険王！　テーブルの上のアメリカ大陸を一日二往復　目で走破しても
息切れしない私は　魂の車輪の直径を
メートル法ではかりながら
「癌《がん》の谷」をいくつも越え捨ててきた

血があつい鉄道ならば
汽車の通らぬ裏通りもあるだろう
声の無人地域でハーモニカを吹いている孤独な老人たち！
木の箱をたたくとどこからとなく這《は》い出してくる無数のカメたち！
数少ないやさしいことばを預金通帳から出したり入れたりし
過去の職業安定所　噂《うわさ》のホームドラマを探しながら
年々　鉄路から離れてゆく

2

おっ母《か》さんが狂った
汽笛狂いだ
水道の蛇口をひねるといきなり発車合図の**ポー**がとどろいた！　どこもかしこも**ポー**の時限装置をしかけられたのだ！　せっかちさと響き！「革命の理論」と駅伝マラソン　おっ母さんゆずりの時刻表にせきたてられ私はきく！　噴出する歴史の汽笛を！
年少労働者たちのダンス教室から　テレビジョンのなかで哄笑《こうしよう》したミック・ジャガーの喉笛《のどぶえ》まで　ボクシング・ジムのサンドバッグから　自殺志願者のガスレンジまで
退屈はカメ　それを追い越すウサギは想像力　急げや急げ！　汽笛が**ポー**！
ポー！　はオーネット・コールマンの旋律を手に入れた！　**ポー**！　はミュートも手に入れた　停年サラリーマンが階段をおりてゆく靴音よりもしみじみと地を這った！　**ポー**は血の中の水雷だ！　暗い海峡の空駆ける見えない大陸横断列車の発車だ！　私はあわただしく書物を閉じる　**ポー**！　私は髪を切る　鵙《もず》がかすめる　**ポー**！　一日は一撃だ　クビと雇用　愛と裏切り　二日酔と生命保険　鬼ばばと一人息子の駅から駅へ！　**ポー**！　**ポー**！　**ポー**！　**ポー**！　**ポー**！
ウエスターン式便器に腰かけて

水洗のノブを引っぱると長い長い汽笛が**ポー**が水をしぶき出す　わが家は親父《おやじ》もおっ母さんもローカル線で　草深いトンネルの中に家具什器《じゅうき》から仏壇まで　閉じこめてある　**ポー**はトンネルを抜けて一泣き　田も畑もない一所不住の汽車一家！

むき出しのニクロム線の中を走ってゆく熱い主題の電流よ！　私のアパートから刑務所の炊事場まで地中を驀進《ばくしん》してゆくガスよ！

ほとばしる水道の地下水！　そしてまた　告発し　断罪する一〇〇の詩語のひしめきの響きよ！　それらが一斉に告げる綱領なき革命の時の**ポー**よ！　**ポー**！　**ポー**！

ポー！　**ポー**！　**ポー**！　**ポー**！　**ポー**！　**ポー**！　**ポー**！　**ポー**！　**ポ**

ー！　**ポー**！　**ポー**！　**ポー**！　**ポー**！　**ポー**！

3

タンスの冬着の下から
ナフタリンの匂《にお》いのしみついたシューリッヒ星図が出てきた

一九二八年十月
発見と共に突然失踪《しっそう》したクロメリン彗星《すいせい》の軌跡が
冬着の下にかくされてあったとは　ガウスの天体力学も刑事も見落していたホシだ
新聞の科学欄の十一段目の少年池谷薫は
クロメリン彗星の軌跡を推理し　算数し
捜索するために
屋根から夜空へかけて　一万マイルの
追跡をはじめる

さびしい天体望遠鏡のおとうとよ
暗い天球に新しい彗星を一つ発見するたびきみが地上で喪失するものは何か？

4

走ることは思想なのだ

ロンジュモーの駅馬車からマラソンのランナーまであらゆる者は走りながら生まれ
　走りながら死んだ
休息するのには駅が必要だ　だが　どこにも駅はなかった

「つまりあなたは　こう訊《き》きたいのですね　**駅はどこだ、と**」

どこだ　どこだ　新しい駅はどこだ　と
後楽園のブルペン　たそがれの名投手金田正一の沈むシンカーのどこだ　と
自殺した株式仲買人の中古ズボンのどこだ　と　とべなかった工業大学の人力飛行機
　のエンジンのどこだ　と
撞球台の荒野に追いつめられた赤球のどこだ　と　髭《ひげ》を剃《そ》り残したボクサー藤猛の表
　情のどこだ　と　ヤマハオルガンの製造工場の年少労働者にとどく現金書留のどこ
　だ　と　山本富士子が洗いはじめる全裸のどこだ　と
駅こそは第二の「癌の谷」！　親父の敵！　おっ母さんの敵！　私の敵！　政敵！
走る者すべての敵だ　と

5

貰《もら》った一万語は
ぜんぶ「さよなら」に使い果したい
どうかわるく思わないでくれ！
速く走るためには負担重量ハンデを捨てねばならぬ　たとえ文法の撃鉄で
おっ母さんの二人や三人殺したとしても
ともかく急げ！　汽笛がなりひびくからには時は今なのだ！
ポーは遥《はる》かなる同志への連帯の合図　血と麦！　そそり立つ肩ごしにふりむけば　見えるのだ一望の**ポー**の車庫！
そうだ！　いまこそ約束の時と場所にむかって　血があつい鉄道となる朝だ！
さあ　A列車で行こう
それがだめなら走って行こう
一にぎりの灰の地平
かがやける世界の滅亡にむかって！

事物のフォークロア

一本の樹《き》にも
流れている血がある
樹の中では血は立ったまま眠っている

＊

どんな鳥だって
想像力より高く飛ぶことはできない
だろう

＊

世界が眠ると
言葉が目をさます

＊

大鳥の来る日　水がにごる
大鳥の来る日　書物が閉じられる
大鳥の来る日　トロッキーは死ぬ
大鳥の来る日　汽車は連結する

大鳥の来る日　ひとは私を見るだろう

＊

一八九五年の六月のある晴れた日に
二十一歳の学生グリエルモ・マルコニが
父親の別荘の庭ではじめて送信した
無線のモールス信号が
今　わたしにとどいた

ここへ来るまでにどれだけ多くの死んだ世界をくぐりぬけてきたことだろう

わたしは返信を打つために郵便局まできたが　忘れものしたように不意にかなしくな

った

＊

書くことは速度でしかなかった
追い抜かれたものだけが紙の上に存在した
読むことは悔誤でしかなかった
王国はまだまだ遠いのだ

＊

今日の世界は演劇によって再現できるか
今日の演劇は世界によって再現できるか
今日の再現は世界によって演劇できるか

＊

「そうそう　中学生の頃、公園でトカゲの子を拾ってきたことがあった。コカコーラの甓《びん》に入れて育てていたら、だんだん大きくなって出られなくなっちまった。コカコーラの甓の中のトカゲ、コカコーラの甓の中のトカゲ　おまえにゃ甓を割って出てくる力なんかあるまい　日本問題にゃおさらばだ　歴史なんて所詮《しょせん》は作詞化された世界にしかすぎないのだ！　恨《うら》んでも恨んでも恨みたりないのだよ、祖国ということばよ！　『大事件は二度あらわれる』とマルクスは言った　一度目は悲劇として、二度目は喜劇としてだ！　だが真相はこうだ！　一度目は事件として、二度目は言語として、だ！　ブリュメールの十八日は言語だ！　連合赤軍も言語だ！　俺自身の死だって言語化されてしまうのを拒むことが出来ないのだよ！　ああ　喜劇！」

＊

まだ一度も作られたことのない国家をめざす
まだ一度も想像されたことのない武器を持つ
まだ一度も話されたことのない言語で戦略する
まだ一度も記述されたことのない歴史と出会う

たとえ

約束の場所で出会うための最後の橋が焼け落ちたとしても

懐かしのわが家（遺稿）

昭和十年十二月十日に
ぼくは不完全な死体として生まれ
何十年かゝって
完全な死体となるのである
そのときが来たら
ぼくは思いあたるだろう
青森市浦町字橋本の
小さな陽《ひ》あたりのいゝ家の庭で
外に向って育ちすぎた桜の木が
内部から成長をはじめるときが来たことを

子供の頃、ぼくは
汽車の口真似《くちまね》が上手《うま》かった
ぼくは

世界の涯《は》てが
自分自身の夢のなかにしかないことを
知っていたのだ

解説・エッセイ・年譜

解説

寺山修司の抒情について

白石 征

寺山修司は駿馬《しゅんめ》だった。六〇年代の文化ルネッサンスと呼ばれる坩堝《るつぼ》の時代に、彗星《すいせい》のごとく登場し、脇目もふらず、まっしぐらにわれわれの前を駆けぬけていったのだ。馬蹄《ばてい》の轟《とどろ》きを残したまま、その姿を八〇年代の初めに消してしまった彼の、その幻のような疾走を確かめたくて、今もまだ目をこらしつづけているのは、むろん、ぼくばかりではないはずだ。

その寺山修司のジャーナリズムへの記念すべきデビューが、二〇歳にして上梓《じょうし》された処女作品集『われに五月を』である。

それは、大学生の彼をみまったネフローゼという大病で、死線をさまよっていた三年間の入院中の出来事で、短歌の名伯楽、中井英夫らの尽力によって、一九五七年に出版された。処女作にして、あるいは遺作ともなりかねない、そんな状況のことだった。

寺山自身によって病床で編まれた、短歌、俳句、詩、メルヘン、エッセイなど、ジャンルを横断した作品群は、いずれも十代に書かれたもので、五月の陽光と風さながら、まばゆいばかりの才能がきらめき、青春の憧《あこが》れが澄明に、そしてとりたての果実のような新鮮さでもって、まるで奇蹟《きせき》のように定着していたのである。

とりわけ巻頭におかれた「五月の詩」は、若い詩人の登場を告げるにふさわしいマニフェストでもあった。

僕はもう花ばなを歌わないだろう
僕はもう小鳥やランプを歌わないだろう
春の水を祖国とよんで　旅立った友らのことを
そうして僕が知らない僕の新しい血について
僕は林で考えるだろう
木苺よ　寮よ　傷をもたない僕の青春よ
さようなら

きらめく季節に
たれがあの帆を歌ったか

つかのまの僕に
過ぎてゆく時よ

二十才　僕は五月に誕生した

ここには、自分の身に迫っている「死」も、そして青森の大空襲で、母親と逃げまどった少年の日の「死」の翳《かげ》をもとめだして、ひたすら五月の季節を生きつづけたいという寺山修司の思いが、五月というメタファ（抒情性）を獲得しているといってもいい。

寺山修司は、いわゆる「詩人」というカテゴリーの枠には、収まりきらない詩人だった。それは、俳句、短歌といった定型、自由詩という不定型を問わず、すでに処女作品集においてジャンルを自在に越境した見事な作品を示していたという理由ばかりではない。詩というものを、広く活字文化以上のものとして、いわば書物の上のことばに限定するレベルをこえて、自分が生きる身体的な世界の中にみようとしていたからである。「ながれる雲を歌として（略）空に大きく書いた字は」とか、「野に咲く花を本として／読み拓きゆく日をたたえ」といったフレーズは、寺山修司がつくった小学校唱歌からのものである。

これは、彼の代表的なフレーズだった「書を捨てよ、街へ出よう」をすぐに思い出させるものだ。ブキッシュな活字文化の時代にあって、本を読むだけでは駄目だ、自分の目で街（現実）を見、自分の身体で現実に触れることこそが、街という生きた書物を読む（生きる）ことになるのだと、若者たちを叱汰し、煽動していたからである。

彼の最初の詩論『戦後詩』（一九六五）では、書物の世界に閉じこもった現代詩における読者不在のモノローグ性を批判するとともに、読者とのコミュニケーションの場を生成するためにダイアローグとしての詩を主張している。

詩人は、読者に話しかけるべきであり、そのためには、作者自身による朗読のすすめや、またあるいは歌手の身体を媒体として語りかける歌謡詩の可能性などにも言及した。

今日では、ごく当たり前の風景である詩人による朗読会や、パフォーマンスとのコラボレーション、さらにはリングの上で交わされる詩のボクシングマッチなども、身体によることばの回復というこの流れの上にあることは、あきらかである。

詩は作者の内部だけで自足するものではなく、読者に語りかけ、読者とのダイアローグによって成立するものだというのが、寺山修司の終生変わらぬコミュニケーション論だった。

『暴力としての言語』（一九七〇）は、寺山修司の第二詩論集である。『戦後詩』での主張が、さらに過激に具体性をおびて展開されている。

目次を見ただけでも、「走りながら読む詩」「集団による詩」「記述されない詩」「落書学」などと、およそ文学としてはその成立の不可能性を主張しているとしか思えない挑発的な発想が並んでいる。

しかし、これは決して奇をてらった反語ではなく、どうしたら詩が、自分が思い描いている「魂のキャッチボール」のように送り手から受け手に手応《てごた》えをもって与えることができるか、という詩人のことばが読者の身体で成立するためのフィールドをもとめての模索だったのだ。

詩の自立は、言語のなかにおいてではなく、言語による経験の共有によって成立するからである。

達成すべきその実例として、モダン・ジャズのコンボによるインプロビゼーション（即興性）をみているが、とくにユニークなのが、競馬レースに詩を読むところである。

「ゲートがあいた瞬間に、馬はことばに変わり、思考を表し、バランス、旋回軸、支点を持って一篇の詩を構成しはじめる。

一行のフレーズが、他のフレーズの母となるように、一頭の脚質が他の馬の展開に座標と系統を与える。

そこには、あるさだまった枠組《カードル》があり、走り出してしまった汽車のような酩酊《めいてい》がある」

というのだ。

書物の活字言語ではなく、その外の現実空間のなかに詩を読みとろうとする寺山修司にとって、彼がめざし、その創作活動へと向かったのが、「記述されない詩」「集団による詩」でもあるところの演劇であったことは、むしろ当然であったというほかはない。

その後の世界にはばたいた天井桟敷による演劇活動は、華ばなしい成果をあげている。いわゆる書物の上の現代詩人という枠には収まりきらないところまで、寺山修司という大樹は、その才能の枝をのばしていったのだ。

では、書物の上での彼の詩はどうなったであろうか。

生涯の最高傑作といわれる歌集『田園に死す』（一九六五）をピークとして、長篇叙事詩『地獄篇』や「李康順」、また唯一の俳句集ともいえる『花粉航海』（一九七五）においても、新たに百句あまりの作句を発表している。

いずれも、青春の抒情から離れて、自分の故郷の血についての土俗をめぐる呪術的紀行といっていい。生と死のメタフィジィック、虚構と現実の混淆、その反転のメカニズムが追求されてもいた。

「ぼくは、詩人が一つの形式を最後まで守らねば貞節じゃないということが疑問なんだ」と語る寺山修司にとって、形式はあくまでも内容を規定するものではなく、内容によって表現形式は自由に選択されていったのである。

さてここで、寺山修司の詩人としての生涯をふり返るとき、注目しなければならないのが、彼の遺稿といわれる自由詩「懐かしのわが家」である。死の八か月前に朝日新聞に掲載されたものである。

自分の死が、もはや紛れようもなく訪れたことを告げた後、一連目をこう結んでいる。

外に向って育ちすぎた桜の木が
内部から成長をはじめるときが来たことを

「内部から成長をはじめる」とは、どういうことであろうか。絶筆エッセイ「墓場まで何マイル?」で、「私の墓は、私のことばであれば、充分」と記した寺山修司である。「内部」がことばを指していることは明らかだろう。

とすれば、さしもの一瞬一瞬を「外に向って」広げていった創作活動の疾走が絶たれた時、ことばのなかの永遠性を信じようとしているのであろうか。

寺山修司ほど、自らの境遇を虚構化し、書き換えながら、表現しつづけた作者はいない。戦争で父親を失ない、戦後は母親とも生きわかれて一人で生きなければならなかった少年時代。

どの作品を読んでも、父親の不在、母親への愛憎にぬい閉じられた孤独の「物語」が顔をのぞかせないということはない。愛の対象を見失ってしまった者の、悲惨ではあるが、反面切なく愛しい孤独の境遇を何度も反芻《はんすう》し、読み換えることによって新たな作品づくりに参加していたともいえるのである。

そこにめざされていたのは、寺山修司という個人の特殊な境遇の「物語」ではなく、読者となりうる誰のなかにでも生きることの出来る何かであったはずだ。

「作品は、作者が半分をつくり、あとの半分は読者がつくる」とは、生前寺山がつねづね語っていたことである。詩は、読者に見出《みいだ》され、経験を共有することによって、一人の書き手は姿を消し、百人の読者のなかで自発性を獲得することができるというのが、寺山の思い描いていたコミュニケーションの姿だった。

「詩人は、ことばを書物の中に仕込んでおいて、あとは通りかかった読者によって詩にして貰うのを待つしかないのです」

寺山修司のこの文脈で、前の「懐かしのわが家」の二行をみるならば、彼の生の拡充――創作の疾走が止まった時、彼が仕込んでおいたと思《おぼ》しいことばの種子が、これから出会うであろう読者のなかで芽をふくことを、改めて確認している気配が濃厚なのだ。

問題は、二連の最後の四行である。

ぼくは

世界の涯てが
自分自身の夢のなかにしかないことを
知っていたのだ

汽車に乗り、あるいは走って、「世界の涯てまで連れてって」と疾走したあの寺山修司は、幻だったのだろうか。世界の涯てなど、虚構にすぎなかったのか。

いや、そうではあるまい。この狭間《はざま》にこそ、人生を夢として生きようとした寺山修司の魂（メタファ）が、まぎれもなく存在しているのである。


本書は、寺山修司の俳句、短歌の秀作はもとより、長編叙事詩をのぞく自由詩の傑作をも収録している。

しかし、それればかりではない。彼の颯爽《さっそう》たる疾走の背後で、ひっそりとまでは言えないにしても、あまり注目されることのなかった少女のための抒情詩やわらべ唄《うた》、そして歌謡詩、劇詩なども収録している。

とりわけ「マザーグース」の翻訳などは、北原白秋や谷川俊太郎の訳詩を意識した上で、とびきり愉しい合作者となって、思いきり想像力の翼をひろげている。

少女詩集は、イラストレーターの宇野亜喜良とのコンビでフォア・レディスという新書館のシリーズでのなかで発表されつづけたものであるが、ここにも、もう一人の寺山修司の姿がみてとれる。

一般書の装いということもあるが、「前衛」を期待され、「芸術」を意識した作風とは趣きを異にしているぶん、肩の力がぬけていて、寺山修司の素直で純粋な魂の状態が透《す》けてみえてくるという感じがある。

ここでは、追いかけてくる「死」をふり切ろうとする逃げ馬のような「生」の性急な時間も、挑発し幻惑するかのようなおどろおどろしく激しい母子の愛憎もすっかり姿を消していて、子どもや少女と屈託なく戯《たわむ》れている軽やかさがある。そして淋《さび》しさを抱いたまま途方にくれている青年の孤独もある。

これを、「外に向かって」疾走をつづけた寺山修司の、くつろぎのひととき、人生のほんの小休止といってしまっていいものかどうか。それにしては、「懐かしのわが家」で「世界の涯てが／自分自身の夢のなかにしかないことを／知っていたのだ」と綴《つづ》った人生の断念との距離は、それほど遠くはないのである。

私が忘れた歌を
誰かが思い出して歌うだろう
私が捨てた言葉は
きっと誰かが生かして使うのだ

（「ひとりぼっちがたまらなかったら」）

ぼくの詩のなかを
いつも汽車がはしってゆく
（略）
でも
ぼくにはその汽車に乗ることができない
かなしみは
いつも外から
見送っていたい

（「汽車」）

そこに
見えない花が咲いている
ぼくにだけしか見えない花が咲いている

だから

（「目に見えない花のソネット」）

さみしくなったら
ぼくはいつでも帰ってくる

さらに「あなたに」の後半部分には、

人生はしばしば
書物の外ですばらしいひびきを
たてて
くずれるだろう
だがもう一度
やり直すために
書物のなかの家路を帰る

書物は
家なき子の家

というのもある。

身構えることなく、海、かくれんぼ、汽車、さよなら、鳥など寺山修司のキーワードの頻出する少女詩集から気まぐれに拾い出してみたこれらの断片からも、「懐かしのわが家」へと向かう寺山修司の魂の足どりが、うかがえるようだ。

いやむしろ、「家なき子」としての寺山修司の「家」こそ、これらの抒情詩のなかにひそんでいたのではないか、という推測すら現実味をおびてくる。

そして、寺山修司の心の故郷を訪ねようとする試みは、彼のことばでありながら、ことば以上のもの、つまり彼の作品のことばの背後に、人生の悲哀をたたえて埋められているメタファ（抒情性）の種子を読みとることにかかっているような気がしてならないのだ。

寺山修司は、いかなる詩人よりも読者を信頼している。それも、これから出会うであろう読者によって、自分の詩集がひらかれ、新たな作品に生まれかわるのを待っているのである。

（しらいし・せい／演出家）

エッセイ

モンタサン、書物――寺山修司に

吉増剛造

大切なこの本に、またあたらしく寺山の書物の林に、……

【「書物の森に」と書こうとして、いや、けっして「書物の林に、……」と決めたらしいこゝろの働きは、ほんの一刹那、一見忘れがたい印象を残す、寺山の古里《生地》古間木《ふるまぎ》の言葉としての戦《そよ》ぎ、谺《こだま》が、それが通っていったらしいその通り路の跡、木の焼け焦げのようなもの、その香りもあって、しかし、おそらくそれよりも、寺山修司という人が持っていたらしい、得がたい体質、天性のようなもの、それが、樹間、林間の空気の縫いかた、……〝行間《ぎょうかん》が、ここには確かにあるぞ……〟という囁きを、耳にしていたことによるものらしい。それと、生前、幾度か逢ったことのある、そのときのこの人の空気感】

なにを、栞《しおり》のように、わたくしは、なにかをはこぶようにして

【吊るでも貼るでもなしに……】
下げることになるのだろうか。
その印象を、「天上の巨人」といぅ言葉にしたことがあった。語り難いのにどうしてか、非常に、……語り易いのは、この人の、……
【なにか、木枕《きまくら》か、ポックリの音が聞こえてきて、文が途絶えていましたが、……】
この人だけが、ある時代、この人だけが、歌
【への筋《すじ》といおうか、通路といおうか、……】
を歌っていたらしい
【七九頁、「初期詩歌」にさしかゝり、たゞひとり歌とともにあった寺山、……とメモをしていて、この〃たゞひとり〃は寺山の孤心ともかさねられてもいるのだが、……】
混雑のたましいを、しっかりと、わたくしもつかんでいるからしい。なんだろう、悦楽といってもよい、この稀代の人が醸《かも》だしている、名付けがたい、湯気
【湯毛《ゆげ》？「蒸気」と綴ろうとして、おそらく同時代人土方巽氏の口吻《こうふん》天蓋が、ここに咄嗟に映しだされていたのだった、……】
はこの人の賭けごとと重なってもいるにちがいないのではないのか、……。「混雑のたましい」とこうしてわたくしがいえたのも、
【そうか、この刹那の愉悦が、たしかに寺山の芯にはあって、……】
たしか一九六八年ころのシンポジウムでの席上の寺山の、〃みなさん、魂、魂、……とお

っしゃいますが、魂は、大豆と即席ラーメンとパチンコ店の音やなんかで出来上ってるんだよね……〃

【〃パチンコの店……〃はわたくしの自由な、共鳴ですが、……】

という生気ある声を不図思いだしてのことだった。その生気は、「泳ぐ蛇もっとも好む母といてふいに羞ずかしわれのバリトン」の〃ふいに羞ずかし〃あるいは「煙草くさき国語教師が言うときに明日という語は最もかなし」の〃最もかなし〃であり、あるいは「空は本それをめくらんためにのみ雲雀《ひばり》もにがき心を通る」の〃にがき心〃であり、あるいは又、「きみのいる刑務所とわがアパートを地中でつなぐ古きガス管」の〃地中でつなぐ〃であり、その底にそっと潜められそっと顰められた、寺山修司の奥の声、そこに出どころがある

【〃潜め〃〃顰め〃と綴るうちに、日本の戦後の文化現象としても使われた〃アンダーグラウンド〃（所謂、アングラ）そして「地下演劇」あるいは寺山が主宰した「天井桟敷」がいかに、この稀代の人の（あるいはこの非常の人の）胸中深くにまでとゞいていた語であったかゞ不図光りはじめる、……】

のをわたくしは感ずる。

声が聞こえる。

それは寺山が「田園に死す」他の歌を詠む声を、しばしば、その低いが柔かい静かな声

を、なにか果実《くわじつ》の芯に心がさわるようにして聞いていた、……。

【その〝果実《くわじつ》の芯に心が……〟は、歌でいうと、「林檎の木伐りし倒し家建てるべしきみの地平をつくらんために」の〝伐り倒される林檎の木〟であり、又「銅版画にまぎれてつきし母の指紋しずかにほぐれゆく夜ならん」の〝しずかにほぐれゆく〟の想像の芯の味……柔かさ、遅さ……なのだ】

それが、もっとも、誰もなし得なかった、……

【啄木とやや俵さん】

通行路を通ってこうして顕《た》ちあらわれることに、わたくしは、……わたくしはこのことに心の底で、瞠目していた。

こゝにふれることが出来るかどうかが、この小文を綴ることのわたくしにとっての試練であり、又ひそかなたのしみでした。キーになる言葉は、おそらく、寺山がこれを聞いた途端に心身を震撼させたであろう、血の匂いのする、そこに草地の風も吹く、誰かの台詞《せりふ》、

たとえ、三本足で出て来ても、おれはモンタサンに賭ける

だった。いまからもう四十年になる。右のセリフは、わたくしのなかではもう、寺山修司の台詞と化している。

【この「台詞」を、歌のなかからさがすとすると、たとえば「わが撃ちし鳥は拾わで帰る

なりもはや飛ばざるものは妬まぬ」の対(つい)として聞くのも一興、……そうか、「歌」や「句」や「詞」が、彼にとっての「三本足」であったのだ、……という声を聞くような気がしていました。どうでしょう。解けぬ謎でもあるのであって、……】

少しながく引いて、読んでいたゞきたいと思う。こんなにも、一心に書くことをあらわにした「寺山修司」もめずらしい。

三歳馬リーデングサイアーになったモンタヴァルのすばらしい若駒たちが、長じて招く不運が偶然であることをはらすために、私は六四年生まれのモンタヴァルの子たちに期待をかけたのである。

このころから、私はモンタヴァルの栄光がそのまま私自身の栄光につながるような気がしはじめていたのだ。六四年生まれのモンタヴァルの子は三十六頭（三十六—カブ）であった。そのなかで私が期待をかけたのはコーリン（母エドヒメ）、チカラ（母ブゼンアサイチ）、モンタサン（母リュウリキ）の三頭であった。チカラは関西馬の曲者で上京して皐月賞でもまずまずのレースをしたがコーリンの方は不調で、戦線に姿をみせなくなってしまった。だがメジロボサツについで朝日杯三歳ステークスに勝ったモンタサンは、こんどこそ「不運の血統」への復讐を果たして、大望を約束してくれそうな期待をいだかせてくれたのである。

私はモンタサン——モンタヴァルの血統のサン、太陽！　に賭けた。母のリュウリキはヤマトキョウダイの姉で、この一族は小岩井の基礎牝馬の中の栄誉ある第二アストニシメント↓オーグメントのファミリーである。

だが、モンタサンの最初の挫折のきっかけは、この春の馬丁ストライキであった。皐月賞に満を持していたモンタサンは、ストライキで長い稽古休みに入ると、すっかり飼料を食わなくなってしまったのだ。馬体はどんどんとやせてゆき、期待は次第に遠のいていった。

モンタヴァルの血は、この栄光の子にも死の翳を投げかけたように思われた。皐月賞とダービーが続いて行なわれることになったとき、ファンは、せめて皐月賞をあきらめてダービー一本にしぼるべきだと噂しあったが、しかし関係者たちは、病みあがりのモンタサンを皐月賞に使ってきたのである。「たとえ、三本足で出て来ても、おれはモンタサンに賭ける」というファンの声援のもとに出走してきたモンタサンは当然ながら惨敗し、ダービーでもアサデンコウやヤマニンカップといった馬に敗れた。私はそのモンタサンのために書いた一篇の詩を思い出す。

なみだを馬のたてがみに
こころは遠い高原に

酔うたびに口にする言葉は

いつも同じだった
少年の日から
私はいくたびこの言葉をつぶやいたことだろう

なみだを馬のたてがみに
こころは遠い高原に

そして言葉だけはいつも同じだったが
馬は次第に変っていった

今日の私は
この言葉をおまえのために捧げよう

モンタサンよ

（「モンタヴァル一家の血の呪いについて」、『馬敗れて草原あり』（新書刊））

どうでしょう、「寺山修司に」、その言葉や台詞、劇、あるいは歌に接したことのある方が必ず感じられるであろう、寺山らしい屈折、狷介《けんかい》、悪意、憎悪の口吻がこゝにはまったくない、……。というような言葉でいわぬように、再彼《また》の歌の内部の空気感【「空のない窓が夏美のなかにあり小鳥のごとくわれを飛ばしむ」の〝空のない窓〟か、「地下水道をいま通りゆく暗き水のなかにまぎれて叫ぶ種子あり」の〝叫ぶ種子〟の声なのだといったほうがよい、そんな心の通路が、……】

それが、狭いがじつに濃い寺山の「世界」への通路である。そして、忘れられない奇妙な不思議な響きをもつ「モンタサン」を、わたくしは、次の寺山の詩篇に重ね合わせてみたい誘惑にかられる。読者よ、うなずいて下さるかどうか。「書物」は「モンタサン」に、「モンタサン」は「書物」に、……。

【というよりも、「モンタサン」が「書物」の匂い、……「書物」が「モンタサン」の匂い、……あるいはあの「古間木」の樹間、あるいはあの「ふいに羞ずかしわれのバリトン」、そんな感覚が、これまた不意に近づく、……。そして、「遠い高原」と「たてがみ」と「書物」が、寺山だ、……。ということは、読者諸氏に、筆者の僅かな希みとして、この「モンタサン」をこゝで読んでほしい。それだけでも、小文の役目は果した。その微意のあらわれ、心中のかぜなのだ、……】

書物のなかに海がある

心はいつも航海をゆるされる
書物のなかに草原がある
心はいつも旅情をたしかめる
書物のなかに町がある
心はいつも出会いを待っている

人生はしばしば
書物の外ですばらしいひびきを
たてて
くずれるだろう
だがもう一度

やり直すために
書物のなかの家路を帰る
書物は

家なき子の家

（「あなたに」、『少女詩集』本書一五〇頁）

さあ、大切なこの本への、わたくしのかぜは、これでほゞいゝ尽し得た。冒頭で、わたくしは〝語り難いのに、どうしてか非常に語り易い寺山、……〟と書いていた。〝いゝ尽し得て……〟ということは、そして、次にも、さらに〝無限にいゝ尽くすことが出来る……〟ということだ。こうして、語ることを書き手に自由にしてくれる「今日の寺山修司」を、今日

【二〇〇三年十月二十五日、二十六日とスーパーダイエー楢原店の売り場ちかくで】

も、二十数冊の寺山を横積みにして、たのしく書き終えて、読者の眼にふれることの少ないでしょう、二年前に同じくダイエー店内の賑いのなかで綴った詩篇を、添えさせて下さい。

＊

天上の足音、巨人の、……寺山修司氏に

寺山さんの「天井桟敷」は、おそらく、天上の桟敷だ。僕の今日（二〇〇二年四月八日）の直観は、ここからうごいていって、何処まで枝分かれして行くことが出来るかどうかだ。……山口昌男さんも、助けてくれないだろうこの道は、……

天上の足音、巨人の。……ハ、囀《さへず》り／ガズイ《gazouillis》、／ゴーゾ《gozo》の耳にも僅かに届けられて
いるのだが
寺山修司さんの声の巣のひろ、ごりが、（なにか籠ったような感じが残っていて〝ひろごり〟といっていた、……
何処ヵ、天上のでっかい雲が、俯いたようなところに残ってゝ「ヌヒクン」と聞こえ
て来ていた

（村上善男さんも吉幾三さんも
天上の何処かでっかい雲が、俯いたようなところからの（青森の、……）声の巣のひろ、ごり、
（二〇〇二年四月九日朝、北海道文学館の平原一良さんに、きのう、まだ、間に合いますでしょうと、声を聞いて〝迷い、が〟そう、寺山修司は、不思議な足の迷路だな、……と思う心の枝分れがつゞいていった、……。きのうから「歌手」の名前が思い出せていない、……三橋美智也は心に、あんなに、刺青のように、天上に書き込まれているのにさ、……吉さんが駆けていった、……何故か、そこへ、円谷幸吉さんが本道を……。）
小鳥の朝の囀《さへず》り／ガズイ《gazouillis》、、……ハ、曇り日に、囀《さへず》り／ガズイ《gazouillis》、……喋り過ぎている、
……わたくしには、「寺山修司」について語る資格がない、……それよりも
今朝はまだ、「ヌヒ、クン」の吐息と空気女の何処かゝら漏れてくる囀《さへず》り／ガズイ《gazouillis》、が、……
（寺山さんの「奴婢訓」が、古語の呼吸にうつり、やがて、「ヌヒ君」に姿を変えて行った、……。「ヌヒ君」の立っている古間木の村境
この行は消したくない。残るかしら、……と思って綴る、……

（木）のポックリ（背の高い寺山が履いていたという木靴、……）の立てる音が天才の秘密だった。……

思ひの丈《たけ》に、（「たけさん」は、太宰治の『津軽』の育ての人の名前だったか、……）ようやくこうしてちかずいて来ていた

（寺山さんの「天井桟敷」は、おそらく天上の桟敷だ、……黒石の正廣先生は、きっと、それは〝雀《シャメ》ッ子、雀《シャメ》ッ子、そりゃいけん〟とおっしゃるだろけど。工藤哲己さんなら〝うん〟と肯ずかれたことでしょう。……）

天上の足音、巨人の。……ハ、囀《さへず》り／ガズイ《gazouillis》、／ゴーゾ《gozo》の耳にも僅かに届けられて
いるのだが

〝天上から漏れてくる空気のすりへったレコードの霧島昇〟（安藤昇さんは、いま何処に？）

（一本の木にも流れている血がある）のポックリの立てる音が天才の秘密だった、（うん、啄木だ……）……

〝一九四五年七月二十八日青森市空襲、死者三万人、──
新しき仏壇買ひにゆきしまま行方《ゆくへ》不明のおとうとと鳥
古間木へゆく〟（以上三行、寺山修司「誰か故郷を想はざる」ちくま日本文学全集より）
（同書、四五二頁第一行、池内《いけうち》紀《おさむ》氏より。〝シュージ、シュージ。音そのものが何かいたずらを思案している少年を思わせる。〟傍点吉増）

「シュージ」

二〇〇一年九月十一日以降の天上の足音について寺山修司さんや賢治さんは何という

のだろう、……

わたくしたちはとり残された〃おとうと鳥〃だな、工藤さん、石塚さん、——

天上が暗いあいだはまだよかった、……暗かったテラヤマ・ワールドの空が澄んできて
囀《さへず》り/ガズイ《gazouillis》、……鳥が鳴く、……

(二〇〇二年四月九日(次の日の十日も)、八王子ダイエー楢原店一階の食卓、セルフサービスの長机に珈琲プラスティックカップ、一八〇円(お替り無料)をはこんで腰を掛けること、こゝが理想の書く場所となろうとは、……。子供の遊ぶ声と食器を洗う響きとダイエーの店内音楽と売場カートの音が混じり合う、……)

ダイエー八王子楢原店は麗しい

(こゝで「柱時計」の古い撥条の言葉を聞くとは、思いも掛けないことだった……。寺山さんが、「手相直し」に逢うために、見料の五百円を工面するための、風呂敷に包んで。汽車で二駅行った旅の記念がこれ(この歌)だったとは、……
売りにゆく柱時計がふいに鳴る横抱《よこだ》きにして枯野ゆくとき
わたくしたちは何を横抱《よこだ》きにしているのだろう、——山口先生が、新千歳空港で、
carry-on を引っ張ってる姿を僕は見たことがある。けれども、……
「シュージ」
天上が暗いあいだはまだよかった、……
「囀《さへず》り/ガズイ《gazouillis》、……亡き方々のこゝろの数《かず》を」という詩篇を横抱《よこだ》きにして、
二〇〇二年四月二十日から二週間、……
こころの数《かず》をかぞえるようにして詩作していた。天才テラヤマには及びもつかないが、

……
でも、「ヌヒクン」、君の吐息が、
天上のでっかい雲が、俯いたようなところからおちて来る、何《ナン》？（ナン、〝ヌ〟に隣りするような〝ン〟、……）
君はさ、「ヌヒクン」と「モンタサン」どっちがすき？【……、ン】。

（よします・ごうぞう／詩人）

寺山修司年譜

一九三五（昭和十）年●
十二月十日、青森県弘前市紺屋町にて、父八郎、母はつの長男として生まれる。父は警察官。本籍は青森県上北郡六戸村（現三沢市）。

一九四一（昭和十六）年●五歳
父の転勤で八戸市に転居、幼稚園に入園。秋に父が出征、母子は青森へ転居。

一九四二（昭和十七）年●六歳
青森市立橋本小学校に入学。

1940年（4歳）、父母と

一九四五（昭和二十）年●九歳
青森大空襲で焼け出され、三沢で父八郎の兄が営む寺山食堂二階に転居。古間木小学校に編入。父がセレベス島で戦病死（九月二日）。母はつは米軍の三沢基地で働く。

一九四八（昭和二十三）年●十二歳
古間木中学校に入学。青森で映画館「歌舞伎座」を経営する叔父坂本勇三のもとに寄留。青森市立野脇中学校に転校。母が九州の福岡県遠賀郡芦屋町の米軍キャンプで働くため三沢を去る。中学時代は文芸部の部長をつとめる。学校新聞や学級雑誌に童話や詩・俳句を発表。とくに俳句づくりに熱中する。漱石、芥川を読破する傍ら、乱歩や吉川英治の少年冒険小説も愛読。

一九五一（昭和二十六）年●十五歳

青森県立青森高校に入学。文学部、新聞部に入部。「青校新聞」に詩「黒猫」、「東奥日報」に短歌「母逝く」などを発表。「暖鳥」句会に出席する。

一九五二（昭和二十七）年●十六歳

手製の自選句集『べにがに』制作。「東奥日報」「読売新聞青森版」「学燈」「蛍雪時代」「氷海」「七曜」などに投稿。

一九五三（昭和二十八）年●十七歳

青森県高校文学部会議を組織。詩誌「魚類の薔薇」を発行。全国学生俳句会議を組織し、高校生俳句大会を主催。

一九五四（昭和二十九）年●十八歳

全国の十代の俳句誌「牧羊神」を創刊。この雑誌編集を通じて中村草田男、西東三鬼、山口誓子らの知遇を得る。早稲田大学教育学部国語国文学科に入学。埼玉県川口市の叔父宅に下宿。夏休みに奈良の橋本多佳子、山口誓子を訪ねる。「チエホフ祭」五十首で第二回「短歌研究」新人賞。母はつは立川基地に職を得る。混合性腎臓炎を患い立川市の河野病院に入院。

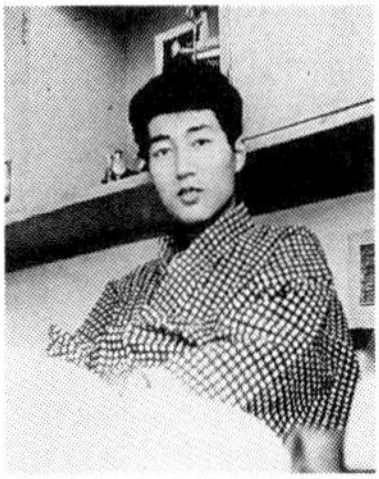

1955年（19歳）入院中ベッドにおいて

一九五五（昭和三十）年●十九歳
二ヶ月後退院。新宿区高田南町に下宿。早稲田大学の学生山田太一と親密になる。病気が再発、ネフローゼで新宿区の社会保険中央病院に入院。詩劇グループ「ガラスの髭」を組織し、処女戯曲『忘れた領分』を書く。「早稲田詩人」「風」などに「ジュリエット・ポエット」と自ら名づけた即興幻想散文詩を発表。病状悪化し、一時面会謝絶となる。
一九五七（昭和三十二）年●二十一歳
第一作品集『われに五月を』刊。
一九五八（昭和三十三）年●二十二歳
第一歌集『空には本』刊。七月に退院。「スポーツ・ニッポン」に新聞小説『ゼロ地帯』を連載。青森に一時帰省後、新宿区諏訪町に転居。ネルソン・オルグレンの『朝はもう来ない』に感動する。谷川俊太郎のすすめでラジオドラマを書きはじめる。ラジオドラマ『ジオノ』（民放祭入賞）。
一九五九（昭和三十四）年●二十三歳
ラジオドラマ『中村一郎』（民放祭大賞）、処女シナリオ『十九歳のブルース』を発表。
一九六〇（昭和三十五）年●二十四歳
ラジオドラマ『大人狩り』が、革命、暴動を扇動するものとして物議をかもす。戯曲『血は立ったまま眠っている』が劇団四季により上演。実験映画『猫学 Catllogy』を監督。篠田正浩監督『乾いた湖』のシナリオを書く。松竹の女優であった九條映子と出会う。大江健三郎、石原慎太郎らの「若い日本の会」に参加。小説『人間実験室』を「文学界」に発表。テレビドラマ『Q』を書く。早稲田大学中退。
一九六一（昭和三十六）年●二十五歳

ボクシング評論を書きはじめる。新宿区左門町に転居。母と同居。文学座アトリエで戯曲『白夜』を上演。長編叙事詩『李庚順』を「現代詩」に連載。

一九六二（昭和三十七）年●二十六歳
ラジオドラマ『恐山』、テレビドラマ『一匹』を書く。第二歌集『血と麦』刊。

一九六三（昭和三十八）年●二十七歳
九條映子と結婚。杉並区和泉町に転居。長編叙事詩『地獄篇』を「現代詩手帖」に連載。放送ドキュメンタリー「ダイナマイク」でパーソナリティを担当。

一九六四（昭和三十九）年●二十八歳
仮面劇として『吸血鬼の研究』、ラジオドラマ『山姥』（イタリア賞グランプリ）、同『大礼服』（芸術祭奨励賞）を発表。塚本邦雄、岡井隆らと青年歌人を組織。

一九六五（昭和四十）年●二十九歳
ラジオドラマ『犬神の女』で第一回久保田万太郎賞。長編小説『あゝ、荒野』を「現代の眼」に連載。第三歌集『田園に死す』刊。テレビインタビュー番組『あなたは……』で芸術祭奨励賞。世田谷区下馬に転居。

一九六六（昭和四十一）年●三十歳
ラジオドラマ『コメット・イケヤ』でイタリア賞グランプリ。『街に戦場あり』を「アサヒグラフ」、『巨人伝』を「芸術生活」、『絵本千一夜物語』を「話の特集」に連載。テレビドラマ『子守唄由来』で芸術祭奨励賞。『遊撃とその誇り』刊。

一九六七（昭和四十二）年●三十一歳
映画『母たち』（ヴェネチア映画祭短篇部門グランプリ）のコメントを書くため、松本俊夫監督とフランス、ガーナ、アメリカを回る。

横尾忠則、東由多加、九條映子らと演劇実験室「天井桟敷」を設立。『書を捨てよ、町へ出よう』刊。

一九六八（昭和四十三）年●三十二歳

『暴力としての言語』を「現代詩手帖」、『幸福論』を「思想の科学」に連載。アメリカ前衛劇事情を視察に渡米。羽仁進監督『初恋・地獄篇』のシナリオを書く。ラジオドラマ『狼少年』で芸術祭奨励賞。『誰か故郷を想はざる』刊。競走馬ユリシーズの馬主となる。

一九六九（昭和四十四）年●三十三歳

渋谷に天井桟敷館落成。『時代はサーカスの象にのって』、『ガリガリ博士の犯罪』公演。作詞したカルメン・マキの唄『時には母のない子のように』が大ヒット。ドイツ国際演劇場で『毛皮のマリー』『犬神』を上演。演劇理論誌「地下演劇」を創刊。『アメリカ地獄めぐり』刊。『寺山修司の戯曲』の刊行開始。

一九七〇（昭和四十五）年●三十四歳

市街劇『人力飛行機ソロモン』など公演。実験映画『トマトケチャップ皇帝』を監督。ニューヨークのラ・ママにてアメリカ人俳優による『毛皮のマリー』を演出。九條映子と離婚。『あしたのジョー』の力石徹の葬儀を喪主として行う。

一九七一（昭和四十六）年●三十五歳

映画『書を捨てよ町へ出よう』（サンレモ映画祭グランプリ）を脚本・監督。『人間を考えた人間の歴史』を「週刊新潮」に連載。ナンシー演劇祭で『邪宗門』『人力飛行機ソロモン』を上演し、パリ、アムステルダム、ソンズビークで巡演。ロッテルダム国際詩人祭で詩を朗読する。ベオグラード国際演劇祭で『邪宗門』上演、グランプリ。

一九七二（昭和四十七）年●三十六歳

渋谷公会堂でヨーロッパ凱旋公演として『邪宗門』を上演。ミュンヘン・オリンピック芸術祭で野外劇『走れメロス』を上演。デンマークで『邪宗門』、オランダで『阿片戦争』を上演。

一九七三（昭和四十八）年●三十七歳
イランのペルセポリス・シラーズ芸術祭で『ある家族の血の起源』、ポーランド国際演劇祭で『盲人書簡』を上演。『呪術としての演劇』を「新劇」に、『花嫁化鳥』を「旅」に連載。『棺桶島を記述する試み』『映写技師を射て』など刊。

一九七四（昭和四十九）年●三十八歳
アテネフランセ文化センターで「寺山修司特集」開催。映画『田園に死す』（芸術祭奨励新人賞）を脚本・監督。実験映画『ローラ』『蝶服記』など制作。『新釈稲妻草紙』『地平線のパロール』など刊。

一九七五（昭和五十）年●三十九歳
東京杉並区で市街劇『ノック』を上演、警察が介入して注目をあつめる。カンヌ映画祭に『田園に死す』を出品。オランダ、西ドイツで『疫病流行記』を上演。実験映画『迷宮譚』でオーバーハウゼン実験映画祭銀賞。句集『花粉航海』刊。

一九七六（昭和五十一）年●四十歳
映画『田園に死す』がベルギー・バース、スペイン・ベナルマデナ各映画祭で審査員特別賞。天井棧敷館が渋谷から元麻布に移転。「ペーパームーン」に童話『赤糸で縫いとじられた物語』を連載。『迷路と死海』刊。

一九七七（昭和五十二）年●四十一歳
西武劇場プロデュース『中国の不思議な役人』を作・演出。東映映画『ボクサー』を監督。実験映画『マルドロールの歌』がリール国際短篇映画祭国際批評家大賞、『消しゴム』『二頭女—影の映画』などと共に実験映画をまとめて「寺山修司全特集」として発表。

一九七八（昭和五十三）年●四十二歳

『奴婢訓』をオランダ、ベルギー、西ドイツ各都市、および東京で上演。『身毒丸』『観客席』公演。フランスのオムニバス映画の一編『草迷宮』を脚本・監督。『畸型のシンボリズム』を「新劇」に連載。『黄金時代』『寺山修司の仮面画報』『マザーグース』（翻訳）刊。

一九七九（昭和五十四）年●四十三歳

『レミング—世界の涯てまで連れてって』公演。イタリア・スポレート芸術祭で『奴婢訓』上演。カリフォルニア大学にて映画全作品上映とその解説。『青ひげ公の城』を作・演出。肝硬変のため北里大学附属病院に一ヶ月入院。

一九八〇（昭和五十五）年●四十四歳

「シティロード」読者選出ベストテンにて演劇作家・演出部門、ベストプレイ部門で二年連続第一位。『奴婢訓』をサウスキャロライナ、ニューヨークで公演。「ヴィレッジャー」紙の八〇年度最優秀外国演劇賞を翌年に受賞。フランス映画『上海異人娼館』を脚本、監督。

1981年頃稽古場

一九八一（昭和五十六）年●四十五歳

肝硬変のため再び一ヶ月入院。『百年の孤独』『'81版・観客席』公演。『不思議図書館』『月蝕機関説』など刊。

一九八二（昭和五十七）年●四十六歳
映画『さらば箱舟』で沖縄ロケ。利賀国際演劇フェスティバル、およびパリで最後の海外公演として『奴婢訓』を上演。九月に詩『懐かしのわが家』を「朝日新聞」に発表。『レミング―壁抜け男』公演が最後の演出となる。谷川俊太郎とビデオレターを交換し合う。『臓器交換序説』『競馬放浪記』など刊。

一九八三（昭和五十八）年●四十七歳
絶筆『墓場まで何マイル？』を「週刊読売」に発表。四月二十二日、意識不明、杉並区の河北総合病院に入院。五月四日午後零時五分、肝硬変と腹膜炎のため敗血症を併発、同病院にて死去。享年四十七歳。五月九日、青山斎場にて葬儀と告別式。墓は八王子市高尾霊園に造られた。『ニーベルンゲンの指輪・ラインの黄金』（翻訳）『さらば、競馬よ』など刊。

（作成・白石　征）

寺山修司　参考文献

高取英『寺山修司論――創造の魔神』（思潮社・一九九二年）
寺山はつ『母の螢――寺山修司のいる風景』（新書館・一九八五年）
九條今日子『ムッシュウ・寺山修司』（ちくま文庫・一九九三年）
塚本邦雄『麒麟旗手――寺山修司論』（沖積舎・二〇〇三年）
萩原朔美『思い出のなかの寺山修司』（筑摩書房・一九九二年）
小川太郎『寺山修司・その知られざる青春』（三一書房・一九九七年）
松田修ほか『寺山修司・多面体』（JICC出版局・一九九一年）
野島直子『孤児への意志・寺山修司論』
三浦雅士『寺山修司――鏡のなかの言葉』（法蔵館・一九九五年）
北川登園『職業・寺山修司』（新書館・一九八七年）
市川浩・小竹信節・三浦雅士『寺山修司の宇宙』（新書館・一九九〇年）
杉山正樹『寺山修司・遊戯の人』（新潮社・二〇〇〇年）
長尾三郎『虚構地獄・寺山修司』（講談社・一九九七年）
風馬の会編『寺山修司の世界』（情況出版・一九九三年）
新文芸読本『寺山修司』（河出書房新社・一九九三年）

前田律子『居候としての寺山体験』（深夜叢書社・一九九八年）
『寺山修司書誌』（アテネフランセ文化センター・一九七三年）
寺山修司全仕事展『テラヤマワールド』（新書館・一九八六年）
別冊新評『寺山修司の世界』（新評社・一九八〇年）
新潮日本文学アルバム『寺山修司』（新潮社・一九九三年）
現代詩手帖臨時増刊『寺山修司』（思潮社・一九八三年）
現代詩手帖臨時増刊『寺山修司――1983～1993』（思潮社・一九九三年）
ユリイカ臨時増刊『寺山修司――地獄を見た詩人』（青土社・一九九三年）
コロナ・ブックス『寺山修司』（平凡社・一九九七年）
寺山修司記念館『寺山修司展――きらめく闇の宇宙』（テラヤマ・ワールド・二〇〇〇年）
寺山修司記念館『レミング』（テラヤマ・ワールド・二〇〇〇年）
文藝別冊『寺山修司――はじめての読者のために』（河出書房新社・二〇〇三年）
斎藤慎爾ほか編『雷帝――創刊終刊号』（深夜叢書社・一九九三年）
『寺山修司の青春時代展』（世田谷文学館・二〇〇三年）
J・A・シーザーほか『J・A・シーザーの世界』（白夜書房・二〇〇二年）
中井英夫『黒衣の短歌史』（潮出版社・一九七一年）
国文学『寺山修司の言語宇宙』（学燈社・一九九四年）
俳句現代『寺山修司の俳句・21世紀へ』（角川春樹事務所・一九九九年）
シュミット・村本眞寿美『五月の寺山修司』（河出書房新社・二〇〇三年）
話の特集ライブラリー『寺山修司の特集』（自由国民社・一九九六年）

編注

＊本書は、『マザーグース』（新書館）『人生処方詩集』（立風書房）『われに五月を』（作品社）『寺山修司全歌集』（風土社）『寺山修司俳句全集』（あんず堂）『少女詩集』（角川書店）『愛さないの、愛せないの』（マガジンハウス）『寺山修司舞台詩集・盲人書簡』（ブロンズ社）『かもめ』（マガジンハウス）『寺山修司詩集』（角川書店）「朝日新聞」（一九八二年九月一日）を底本として、多少のふりがな、および改行、仮名遣いの変更を加えました。また、今日の人権擁護の見地に照らして不適切と思われる表現がありますが、作品発表時の背景を考慮し、そのままとしました。

ハルキ文庫

て1-12

寺山修司詩集《てらやましゅうじししゅう》

著者 寺山修司《てらやましゅうじ》

2003年11月18日第一刷発行
2025年1月8日第九刷発行

発行者 角川春樹

発行所 株式会社角川春樹事務所
〒102-0074 東京都千代田区九段南2-1-30 イタリア文化会館

電話 03(3263)5247(編集)
03(3263)5881(営業)

印刷・製本 中央精版印刷株式会社

フォーマット・デザイン 芦澤泰偉
表紙イラストレーション 門坂 流

ISBN4-7584-3077-2 C0195
http://www.kadokawaharuki.co.jp/[営業]
fanmail@kadokawaharuki.co.jp[編集] ご意見・ご感想をお寄せください。

谷川俊太郎詩集

人はどこから来て、どこに行くのか。この世界に生きることの不思議を、古びることのない比類なき言葉と、曇りなき眼差しで捉え、生と死、男と女、愛と憎しみ、幼児から老年までの心の位相を、読む者一人一人の胸深くに届かせる。初めて発表した詩、時代の詩、言葉遊びの詩、近作の未刊詩篇など、五十冊余の詩集からその精華を選んだ、五十年にわたる詩人・谷川俊太郎のエッセンス。